악
소
림

2

BBULMEDIA FANTASY STORY

악소림

윤민호 신무협 장편 소설

뿔미디어

목차

8장
기재(奇才)들의 승부

일직선으로 바람을 가른 칼날이 천공의 신형 좌측을 살짝 비껴갔다.

찰나지간 모로 운신해 검세를 피한 것이다.

천공은 신속히 삼사 보 뒤로 물러서며 외쳤다.

"무슨 짓입니까!"

동방휘는 아랑곳하지 않고 발을 굴려 간격을 좁히더니 검을 쥔 우수를 휘둘렀다.

슈우우웃!

날카로운 소리를 터뜨리며 빗금을 그리듯 상승하는 검영(劍影)에 천공이 상체를 뒤로 크게 젖혔다.

그때, 한껏 치솟은 칼날이 급격히 방향을 꺾어 수직 하강했다. 그런 변화에도 검세의 속도는 전혀 죽지 않았다.

천공이 잽싸게 몸을 반 바퀴 회전해 그 검세를 비켜 넘긴 순간, 맹렬히 떨어져 내리던 검날이 우뚝! 멈춰 수평으로 빠르게 움직였다.

'웃!'

천공은 즉각 허리를 숙였다.

검날의 예리한 곡선은 간발의 차로 그의 뒤통수와 등판 위를 가로질렀다.

'대단하구나.'

절로 감탄이 나오는 변식(變式).

힘을 실어 뿌린 검을 갑자기 직각으로 꺾어 내는 것은 어지간한 검도 고수가 아니면 감히 흉내조차 내기 힘든 급변의 묘였다.

직후, 동방휘의 검이 다시 궤도를 바꿨다.

슈카악—!

순식간에 역방향으로 그어지는 횡단의 검날.

몸을 일으키려던 천공은 움찔 놀라 허리를 숙인 채로 지면을 딛고 신속히 사오 보 후퇴해 섰다.

숨 몇 번 쉴 사이에 이뤄진 쾌속한 변화에 천마존도 속으로 칭찬했다.

'검술 운용이 제법이구나. 과거 본 교의 후기지수들과

비교해도 손색이 없다.'

동방휘가 선보인 일련의 검술은 결코 평범한 공부가 아니었다. 높은 수준의 운검(運劍) 전환과 더불어 나이답지 않게 상대의 다음 움직임까지 예측해 낸 노련한 공부였다.

천공이 엄엄한 표정으로 재차 꾸짖듯 외쳤다.

"정도 명문가 검수가 이 무슨 행패요!"

천마존도 그것이 의문이었다.

[혹 동방가 새끼가 아닌 건가? 하나 저 옷은…….]

지금 동방휘가 입고 있는 무복은 분명 청룡동방세가 고유의 것이었다. 더욱이 두 마리 청룡이 가슴팍을 지나 좌우로 교차하는 문양은 청룡동방세가 내의 엄격한 심사를 통과한 상위 고수에게만 허락된 특별한 무복이었다.

[이봐, 놈은 어쩌면 동방 씨 혈족 중 한 명을 죽이고 무복을 탈취해 신분을 위장한 것일지도 모른다. 정말 그렇다면 놈은 상당한 고수임이 틀림없어.]

그는 내심 자신의 추측이 맞길 바랐다. 그래야 천공의 몸을 다룰 기회를 확보할 수 있을 테니까. 자나 깨나 오직 그 생각뿐이었다.

동방휘는 여전히 입을 꾹 다문 채 다리를 빠르게 놀려 돌진해 나갔다.

천공은 일순간 갈등했다.

이대로 피할 것인가, 아니면 마공을 펼쳐 맞설 것인가.

'참자!'

아직은 섣불리 마기를 드러낼 때가 아니란 판단.

상대가 천마존의 추측대로 정체를 속인 것이라면 아무런 상관이 없지만, 만약 청룡동방세가 삼남이라면 함부로 마공을 구사했다가 자칫 사태를 악화시킬 수 있으니까.

태도가 돌변해 다짜고짜 공격을 가한 저의부터 파악하는 것이 우선이었다.

그사이 일 보 간격으로 접근한 동방휘가 검을 똑바로 내찔렀다.

쐐애액—!

노을빛이 얼비친 검날이 우측 어깨로 쇄도해 든다.

천공은 상체를 홱 비틀어 검세를 피했다.

사락.

스쳐 지나간 검날에 의해 의복이 살짝 잘려 벌어졌다.

'곧장 이어질 터!'

천공은 그 생각과 함께 지면을 차고 뒤로 튕기듯 신형을 물렸다. 아니나 다를까, 검신의 각도가 홱 꺾여 횡으로 예기를 뿌렸다. 그렇게 서슬 퍼런 칼날은 종이 한 장 차이로 천공의 가슴팍 앞쪽을 지나치며 공허한 풍성을 남졌다.

동방휘의 동공 위로 기광이 스쳤다.

'설마 요체를 간파했나?'

헛손질을 반복하게 될 줄은 몰랐단 눈빛.

보일 듯 말 듯 미소를 띤 그는 한층 강하게 칼자루를 움키며 검초를 연거푸 토했다.

쉬익, 쉬이익―! 슉, 슈슉, 슉!

폭포수처럼 세차게 떨어지다가도 분수처럼 불쑥 치솟고, 대나무가 휘듯 곡선을 그리다가도 갑작스레 날카로운 직선으로 바뀌어 쇄도하는 검세. 외모는 이십 대이나 그 손속은 마치 완숙한 경지에 이른 중년 검수를 연상케 했다.

간결함과 쾌속함을 동시에 발휘하는 변식의 검초 앞에 천공은 감각을 활짝 열어 회피하는 데 정신을 집중했다. 그는 쉴 새 없이 정면과 측면을 압박해 드는 검영을 아슬아슬하게 흘려보내며 문뜩 그런 생각이 들었다.

소림사는 역시 위대하다.

중원 무학의 원류란 말이 괜히 나온 것이 아니다.

현재 자신이 난생처음 접하는 상승 검초에 능히 대응할 수 있는 것은 타고난 오성이 특출한 탓도 있지만, 보다 더 큰 이유는 예전 소림사의 진산 검학들을 두루 접하며 경험을 풍부히 쌓았기 때문이다.

"본사의 여러 무학들을 보고 듣고 또 몸소 겪는 것은 곧 중원에 산재한 무공들을 대신 경험하는 것이나 다름 아니란다."

'과연 그렇습니다, 사부님.'

천공은 이 순간 진산의 검학 하나를 떠올리며 상대의 검을 피하는 중이었다.

금강대류검법(金剛大流劍法).

강맹하지만 자연스럽게 끊어내는 검의 흐름, 그 요체가 동방휘의 그것과 거의 일맥상통했다. 비록 형(形)과 식(式)은 다르나 둘 다 급변의 묘를 골자로 하고 있었다.

천공은 과거 항마신승 수련 과정에서 금강대류검법을 수십 번도 넘게 경험했기에 동방휘가 구사하는 검이 낯설지 않았다.

'금강대류검법의 범주를 벗어나지 않는 검술이다.'

상대의 검술로 말미암아 대소림의 높은 위상과 깊은 저력을 다시 한 번 절감하게 되었다.

동방휘는 흡사 날짐승과 들짐승이 한데 섞인 것처럼 맹렬한 검영을 흩뿌리며 압박의 강도를 높였다.

쐐애액! 쉬쉬쉭, 쉬쉭―!

날에 실려 드는 기세가 사뭇 달랐다.

천공은 그것마저 능숙히 대처해 나갔다.

요체를 간파하면 나머지 흐름은 저절로 읽히는 법. 단지 검세만 바뀌어 든다고 심상이 흔들릴 그가 아니었다.

동방휘는 상대가 쉬이 제압당하지 않자 공세를 멈추고 신형을 뒤로 옮겨 거리를 벌려 서며 호흡을 골랐다. 그러곤 속으로 찬탄을 금치 못했다.

'놀랍구나. 마치 다음 수를 훤히 내다보고 있는 것 같은 움직임이다.'

천마존이 답답해서 못 견디겠다는 듯 투덜거렸다.

[제장! 뭘 망설이고 있는 거지? 네놈의 그 잘난 마공, 구경 좀 해 보자! 고양이 앞의 쥐새끼도 아니고, 언제까지 몸만 사릴 테냐?]

말은 그렇게 했지만 속내는 따로 있었다.

그는 현재 천공이 마공의 수위를 어느 정도까지 회복한 것인지가 몹시 궁금했다. 이곳으로 오는 동안 아무리 캐물어 봐도 답을 해 주지 않으니 이 기회를 통해 확인하고 싶던 것이다.

천공이 그 속내를 모를 리가 있나.

'내 마공 수위가 이성에 불과하다는 것을 늙은 마귀가

알게 되면 기고만장해 한껏 우쭐대겠지?'

그때, 동방휘가 재차 지면을 딛고 돌진해 쾌속한 운검을 전개했다.

슈우욱, 슉! 쐐쐐쐐액—!

어느덧 삼십여 초를 넘긴 공방전.

두 무인의 콧등엔 작은 땀방울이 송골송골 맺혔다. 그럼에도 불구하고 검세의 속도와 회피하는 속도는 한결같았다. 둘 다 실로 출중한 체력과 근력이었다.

칼날을 피해 부지런히 움직이던 천공은 별안간 의문이 생겼다.

'왜 살초를 펴지 않지?'

그는 연신 칼을 휘두르며 공기를 찢어발기는 동방휘로부터 그 어떤 살기도 느낄 수 없었다.

초반에 구사한 일련의 검초는 탐색전이라 치더라도, 헤칠 뜻이 있다면 지금쯤 살초를 펴야 마땅했다. 그런데 상대는 검을 놀리는 기세만 사나울 뿐, 살의나 살기 따윈 일절 드러내지 않고 있었다. 심지어 내공조차 운용할 생각이 없는 듯했다.

천마존 역시 그 점이 의문스러웠다.

[저 애송이가 지금 뭐 하자는 거지?]

적의를 품은 공세가 아닌, 살초를 배제한 정도의 격식

을 갖춘 검세.

천공의 두 눈이 이채를 머금었다.

'이건 마치 초식 비무를 벌이는 듯한…… 옳아! 그런 뜻이었나?'

비로소 의중을 간파한 그였다.

'홋, 괜히 의심했구나. 그는 동방가의 자제가 맞다.'

상대에 대한 경각심이 말끔히 사라지는 순간이었다. 더불어 동방휘란 인물에 대한 흥미와 호감이 흉중을 서서히 메우고 들었다.

천마존도 거의 동시에 숨은 뜻을 알아차렸다.

'제기랄, 이제 보니 단순히 승부욕에 기인한 행동이었어? 큼, 좋다 말았군.'

호승지심(好勝之心).

강호에 몸담은 무인이라면 누구나 가지고 있는 마음.

동방휘는 순수하게 천공이 가진 무(武)의 그릇을 가늠해 보고 싶던 것이다. 살초와 내공을 철저히 배재하고서 오직 초식만을 이용해 상대의 자질을 자신과 비교해 보고 싶던 것이다.

청룡동방세가의 촉망받는 검수답게 처음부터 날선 육감을 이용해 천공의 출중한 기도를 간파한 모양이었다.

'그런 쪽으론 육감이 꽤 정확한 편이라더니, 과연 허언

이 아니었구나.'

천공은 상대의 진심을 읽은 이상 방어만 고집하긴 힘들었다. 제대로 응대해 줄 때까지 동방휘는 손속을 거두어들이지 않을 것임이 분명하다.

'어쩔 수 없지. 뜻에 응하는 수밖에.'

그는 자신의 우측 옆구리를 노려 쇄도한 검날을 피한 후 똑바로 간극을 좁히며 우권을 내질렀다.

동방휘는 검이 변화를 일으키기 전에 이뤄진 재빠른 시간 차 반격에 화들짝 놀라 신속히 뒤로 후퇴했다.

'웃, 검초의 빈틈을 제대로 노렸다!'

천공은 가까이 따라붙으며 재차 우권과 좌권을 잇달아 뻗어 상대를 더 멀리 물러서게 만들었다.

동방휘는 십 보 밖에 자리하며 혀를 내둘렀다.

'빈틈을 노려 압박하는 능력이 상당하다! 출검을 봉쇄함과 동시에 운신의 허점을 매섭게 파고들었어. 흠, 내 예상이 틀리지 않았구나. 그는 분명 숨은 고수야.'

강호가 넓음을 새삼 실감하는 그였다.

천공은 제자리에 머문 채 여기저기 갈라진 의복을 매만지며 의미심장한 미소로 입을 뗐다.

"동방 공자, 장난치고는 너무 심하신 것 아닙니까?"

동방휘가 머쓱한 표정으로 머리를 긁으며 사과했다.

"제 의중을 간파하셨군요. 정말 죄송합니다. 천 소협의 실력을 가늠해 보고 싶어서 그만……. 강호의 무문에 몸담으셨던 것으로 보이는데, 왠지 그와 관련해 말 못할 사연을 가지신 듯하여 비무를 청하면 일언지하에 거절당하리라고 여겼습니다. 그래서 부득이 결례를 범하고 말았습니다."

천공은 이해한다는 눈빛으로 고개를 끄덕거렸다. 애초에 자신이 사문을 밝히지 않았으니 동방휘로선 그런 생각을 가질 법도 했다.

"그 이유와 더불어 제 인성도 확인해 보고 싶으셨던 것 같습니다만……?"

천공의 단도직입적인 물음에 동방휘가 호쾌한 소성을 터뜨렸다.

"하하하! 이것참, 민망하군요. 예, 솔직히 그런 의도도 있었습니다. 흔히들 말하지 않습니까, 강호에서 함부로 사람을 믿는 것만큼 위험한 일은 없다고. 하지만 첫인상이 좋아 나쁜 사람은 아니리라 직감했습니다. 역시나 제 안목이 틀리지 않았네요."

천공은 그 진솔한 성격이 마음에 들었다.

"동방 공자, 제가 실은 내공 공부가 미천합니다. 하나 순수한 초식 겨룸이라면 얼마든지 응할 의향이 있습니다."

그 말에 동방휘가 크게 반색했다.

"고맙습니다! 가슴이 두근거리는군요. 이제부터 진짜 실력을 보여 주십시오. 한 수 배우고 싶습니다."

"아닙니다. 저야말로."

기실 천공 입장에선 참으로 다행한 일이었다. 기본적인 무력과 초식을 견주는 비무라면 굳이 마공를 구사하지 않아도 되므로.

천공이 자세를 취하며 말했다.

"강호에 나와 처음으로 벌이는 비무입니다."

"예?"

동방휘가 뜻밖이라는 듯 눈을 휘둥그레 떴다.

"사실입니다. 전 무림에 출도한 지 몇 달도 되지 않았습니다."

천공은 여태껏 소림사 내에서만 비무를 해 왔다.

항마조의 존재 자체가 극비였기에 만날 일대 제자들이나 항마신승들과 비무를 행했을 뿐, 밖으로 나가 다른 고수들과 비무를 벌인 적은 단 한 번도 없었다.

그 때문일까.

지금, 천공의 가슴은 묘한 흥분에 휩싸였다.

'이 비무는…… 처음으로 내딛는 걸음마나 다름 아니다.'

이런 기회가 아니면 언제 또 청룡동방세가의 일류 검수와 정식으로 손속을 나눠 보겠는가. 한마디로 돈 주고도 살 수 없는 귀중한 경험이었다.

그때, 천마존이 한심하다는 투로 구시렁거렸다.

[허! 초식 비무라니, 애들 장난도 아니고……. 하여간 중원 놈들은 겉멋만 들었다니까. 무인 사이의 겨룸이란 모름지기 죽고 죽이는 맛이 있어야지!]

천공은 그 전성을 외면하며 그대로 지면을 찼다.

파학!

동방휘도 마주 내달렸다.

삼사 보 간격을 두고 얽혀 든 두 무인.

검날이 예리한 파공성을 뿌리며 바람을 갈랐다.

쐐액—!

좌측 어깨를 노린 찌르기였다.

천공은 즉각 상체를 살짝 비틀며 검극을 피한 뒤 삼 보 간격을 이 보로 좁혔다. 이에 동방휘는 날렵하게 발을 굴려 다시 삼 보 간격을 만들었다. 검을 통해 급변의 묘를 효율적으로 발휘하려면 최소한 삼 보 간격이 필요했기에.

물론 천공은 그것을 알고 있었다. 상대가 구사하는 검술 요체가 금강대류검법과 다르지 않았으니까. 때문에 상대가 거리를 벌리려 들면 그 앞으로 더욱 바짝 붙었다.

두 무인은 이삼 보 간격을 다투며 연신 손속을 바삐 놀렸다.

파바밧, 팟! 쉬이익, 쉭! 쐐액!

순식간에 서로 십여 초를 교환했지만 좀처럼 우열을 가리기가 힘들었다.

천공은 공방을 주고받는 와중에 속으로 칭찬을 아끼지 않았다.

'세상엔 이름이 헛되이 나는 법이 없다더니, 청룡동방세가가 괜히 명성을 떨치는 것이 아니었구나.'

동방휘는 확실히 초절한 실력을 갖춘 검수였다.

공세의 간격을 유지하는 솜씨, 압박을 벗겨 내는 솜씨, 견고한 방어와 반격 시점을 포착하는 솜씨, 그 어느 것 하나 모자람이 없었다.

이 동방가 자제는 실지 천공과 천마존이 생각하는 것보다 훨씬 더 대단한 인물이었다.

어릴 때부터 일찍이 검에 대한 재능을 꽃피워 약관이 되기도 전에 두 형을 제치고 가문 내 삼대절학의 오의를 터득한 기재. 그로 인해 가주이자 십대무신인 동방표호(東方飄顥)로부터 '장차 내 자리를 넘볼 유일한 자식'이란 찬사를 받은 기재. 그것이 바로 용비검랑 동방휘란 청년이었다.

지난 일이 년 사이에 전국적인 명성을 얻게 된 것은 결코 운이 아니었다.

한편, 동방휘 또한 천공의 실력에 거듭 놀라는 중이었다.

'손과 발의 연계가 실로 군더더기 없이 매끄럽구나. 허점을 발견하기가 힘든 투로(鬪路)다. 허, 이게 어딜 봐서 고작 호신용 박투술을 몇 가지 배운 실력이란 말인가!'

소림사 방장의 특무제자 천공.

청룡동방세가 가주의 적통 동방휘.

정파의 중추인 구대문파와 칠대세가 출신의 두 기재가 운명처럼 이곳에서 조우했다.

아직까진 용호상박이다.

내공을 동반하지 않은 체력과 근력을 바탕으로 한 초식 겨룸이기에 결국 순수한 오성이 더 뛰어난 자가 승리하게 될 것이다.

비무가 이십여 초를 넘겼을 무렵.

동방휘의 검이 수직으로 떨어지다가 급격히 횡단으로 전환되는 찰나, 천공이 그 틈을 비집고 들며 주먹을 내뻗었다.

파핫!

가슴팍을 향한 일직선의 권세(拳勢)였다.

동방휘가 모로 운신하며 주먹을 회피하자 곧게 나아간 천공의 주먹이 돌연 비상하는 새처럼 비스듬히 치솟았다.

'옷!'

동방휘는 화들짝 놀라 상체를 뒤로 한껏 젖혔다.

후우웅.

공허한 풍성과 동시에 주먹이 다시 급격히 방향을 꺾어 사납게 직하했다.

머리에 이어 복부를 노린 그 권세 앞에 동방휘는 뒷걸음질로 황급히 신형을 물리며 경악했다.

'아니! 이것은⋯⋯.'

맨 처음 자신이 선보였던 급변의 묘를 천공이 그대로 구사하고 있는 것이었다. 검만 들지 않았을 뿐, 손속의 행로가 똑같았다.

그때, 강하게 떨어져 내리던 주먹이 우뚝! 멈춰 수평으로 빠르게 궤적을 그었다.

'크읏!'

이를 윽문 동방휘가 허리를 숙였다. 그렇게 권세는 간발의 차이로 그의 뒤통수를 획 지나갔다. 직후, 주먹이 다시 궤도를 바꿔 역방향으로 쇄도했다.

쉬이익!

몸을 일으키려 한 동방휘는 움찔 놀라 허리를 숙인 채

로 지면을 차 후퇴하려 했다. 앞서 천공이 그랬던 것처럼.

바로 그 순간.

퍼억—!

공기를 울리는 한 줄기 둔탁한 음향.

동방휘의 왼팔이 천공의 정강이를 가로막은 소리였다. 반응이 조금만 늦었으면 힘차게 차올린 각법(脚法)에 가슴을 두드려 맞았을 것이다.

천공은 즉시 다리를 아래로 내려 동방휘의 발등을 밟음과 동시에 손바닥을 쫙 펴 내질렀다. 그로 인해 운신이 제한된 동방휘는 급한 대로 두 팔을 놀렸지만, 천공의 장세가 더 빨랐다.

퍽!

손바닥으로 가슴을 강타한 순간, 발등을 밟은 발을 떼자 동방휘의 신형이 주춤주춤 사오 보 뒤로 밀렸다.

천공은 더 이상 공세를 취하지 않고 제자리에 선 채로 숨기를 가다듬었다.

동방휘는 가슴팍을 꽉 쥐며 척추를 타고 오르는 한 줄기 전율을 느꼈다.

심중을 대변하듯 파르르 떨리는 속눈썹.

'이것이 만약 내력이 실린 공격이었다면 난⋯⋯.'

자신은 이십 초를 훌쩍 넘긴 공방에도 불구하고 투로의 요체를 제대로 간파하지 못했다. 그런 반면, 천공은 검식의 요체를 꿰뚫어 본 것도 모자라 손수 재연까지 해 보였다. 그것도 첨부터 청룡동방세가의 검학을 익혀 온 무인처럼 완벽하게.

문득 동방휘의 입술이 희미한 반월을 그렸다.

'훗, 나의 패배다. 그가 지닌 무의 그릇은…… 내가 예상했던 것보다 훨씬 더 크구나!'

유명의 기재가 무명의 기재를 인정하는 순간이었다.

천마존 역시도 적잖이 놀란 상태였다.

'허! 놈의 자질이 이 정도였나? 동방가 새끼의 검식을 그대로 가져와 권식으로 바꿔 펼치다니…….'

그 자신도 소싯적엔 천마교 창건 이래 둘도 없는 천재가 나타났다는 찬사를 받았다. 하지만 천공에 비할 바가 아님을 비로소 깨달았다.

'하기야 이 녀석은 불력과 마력을 모두 가진, 무림사에 전무후무한 땡추가 아닌가. 쳇, 이래서 무서운 게지, 소림사란 존재가…….'

불현듯 이십이 년 전 소림사를 습격해 현담 대사와 결투를 벌였을 때가 떠올랐다.

천마교의 위세는 그 어느 때보다 엄청났다. 그들 못지

않게 깊은 전통과 역사를 자랑하는 육대마가조차 제대로 기를 펴지 못했을 정도로.

그 때문에 중원무림의 태산북두라는 소림사도 능히 무너뜨릴 수 있으리라 자신했다.

무엇보다 천마존 자신이 극마경을 이뤘기에 작정하고 싸우면 소림사 멸문이라는 대업을 성취할 것이라 여겼다.

하지만…….

막상 먼 길을 가 부딪치고 보니 그게 아니었다.

소림사가 보유한 힘은 예상 이상으로 어마어마했다.

무려 일천 년을 이어져 내려오며 축적된 그 힘은 마인들로 하여금 한계를 절감케 만들었고, 결국엔 방장 현담 대사를 죽인 것으로 만족한 채 천산 총단으로 귀환할 수밖에 없었다.

흔히 소림사의 치욕이라 회자되는 사건이나 당시 천마교 또한 적잖은 피해를 입었다. 무승들이 죽은 수만큼 교내 마인들도 그 자리에서 고혼이 되어 사라졌으니까.

'큼, 천추의 한이다! 그때 소림사를 멸해 버렸다면…….'

만약 그랬다면 역으로 항마조 기습을 받아 천마교가 멸절하는 화(禍)는 피할 수 있었을 터.

사실 그때 이후로 소림사를 다시 노릴 계획을 세운 적

도 있었다. 하지만 다른 세력들이 차례로 도전을 해 오는 바람에 하는 수 없이 계획을 접어야 했고, 그렇게 이십여 년 세월이 지나 소림사가 비밀리에 육성한 항마조에 의해 패망하고 말았다.

상대는 중원 무학의 발원지라 일컫는 소림사인데, 그 저력을 간과하고 안일하게 시간을 허비한 대가였다.

'현 방장 놈은 도대체 어디에서 이런 괴물을 주워 데려다 키운 거지?'

그런 생각이 들수록 천공의 영혼을 멸하고 육신을 차지하고픈 욕구가 더 커졌다.

'본 교의 재건을 위해서라도 절대 살려 두면 안 될 녀석이다. 어떻게든 힘을 되찾지 못하게 막아야 해.'

천공이 이마 위로 흐른 머리카락을 쓸어 넘기며 말했다.

"동방 공자, 부디 오해는 마십시오. 전 동방가의 검학을 훔쳐 배운 것이 아닙니다. 단지 운 좋게 그 검술의 요체를 간파했을 따름이지요."

동방휘가 빙그레 웃음을 띤 얼굴로 고개를 끄덕거렸다.

"예, 압니다. 하지만 '운 좋게'란 말씀은 빼 주십시오. 그러면 우리 가문이 너무 초라해지지 않습니까. 본 가의 청룡단운검법(靑龍斷雲劍法)의 요체는 절대 요행으로 간파할 수 있는 검학이 아니랍니다."

"아, 제 생각이 짧았군요. 죄송합니다."

"그나저나 저를 만나기 전에 청룡단운검법과 유사한 검학을 접해 보신 적이 있습니까? 어떻게 그리 단번에 청룡단운검법의 요체를 파악해 내신 것인지 심히 궁금하군요."

당연히 있었다.

칠십이종절예의 하나인 금강대류검법.

하나 미안하지만 거짓말을 할 수밖에 없는 처지였다.

"없습니다. 그래서 아까 운이 좋았다고 말씀드린 것이랍니다."

"참으로 놀랄 노 자(字)로군요. 천 소협 같은 분이 소리 소문도 없이 강호를 떠돌고 계시다니……."

"소리 소문이 날 턱이 없지요. 전 이제 막 강호에 발을 내딛은 신출이니까요."

"제가 장담하건대, 천 소협께선 오래지 않아 큰 명성을 얻게 되실 겁니다."

손사래를 친 천공이 웃었다.

"하하, 세상에 이름을 날리고 싶다는 뜻으로 한 말이 아닙니다."

"덕분에 중원무림은 넓고도 넓다는 말의 진정한 의미

를 새삼 되새기게 되었습니다."

그렇게 말한 동방휘는 곧장 검을 칼집에 집어넣었다.

패배를 인정한다는 의미.

천공이 진중한 눈빛으로 입을 열었다.

"내공까지 운용한 실전 같은 겨룸이었다면 결과는 완전히 달랐을 것입니다. 사실 내공을 쓰는 순간, 제 밑천이 다 드러나 버릴 테니까요. 제 내공 공부가 미천하다고 한 것은 결코 과장이 아닙니다."

"후훗, 그리 말씀하시니 당장 내공을 써서 설욕하고 싶어지는군요."

동방휘는 농담과 함께 고개를 돌려 주변을 살피더니 어깨를 으쓱거렸다.

"이런, 안타깝게도 날이 도와주지 않는군요. 설욕전은 나중으로 미뤄야겠습니다. 벌써 저녁 땅거미가 어둑어둑 내리고 있으니."

"다행히 날이 저를 도와주는군요."

천공이 그렇게 농담으로 맞받자 호쾌하게 웃은 동방휘가 대뜸 말했다.

"우리 친구합시다!"

"예?"

"천지는 영원하나 이 몸은 한 번뿐. 이렇듯 살아 있을 때 맘이 통하는 친구를 한 명이라도 더 사귀어 두는 게 좋지요. 곧 헤어질 인연이든 지속될 인연이든, 그런 건 아무런 상관없습니다. 소중한 만남, 그 자체가 중요한 것이니까요. 안 그렇습니까?"

천공은 진즉부터 동방휘에 대해 흥미와 호감을 느끼고 있었기에 그 청을 굳이 마다하지 않았다.

"동방 공자의 뜻이 정 그렇다면 저도 딱히 거절할 이유가 없지요."

"전 스물다섯 살입니다."

"저도 마찬가지로 스물다섯 살입니다."

천공의 말에 동방휘가 반색했다.

"오, 그래? 잘됐군. 이제부터 서로 편히 대하도록 하지."

"알았네, 휘."

"하하하! 점잔 빼지 않아서 좋은걸."

동방휘는 이내 백마 곁으로 가 짐을 뒤적이더니 새하얀 술병 하나를 꺼내 왔다.

"이런 자리에 술이 빠지면 쓰나. 안 그런가, 천공?"

"미안한데…… 내가 술을 못하네."

그러자 동방휘가 시원스러운 미소를 지으며 천공의 어깨를 툭툭 두드렸다.

"그럼 지금 배우면 되지."

그는 곧장 마개를 뽑아 몇 모금 마시더니 천공에게 병을 건넸다.

"자, 거절하면 친구 삼기 싫다는 뜻으로 간주하겠어."

천공은 병을 받아 쥐곤 잠시 망설이다가 조심스럽게 한 모금을 들이켰다.

금세 목젖을 타고 번지는 알싸한 향내.

"콜록, 콜록……."

천공이 못 참겠다는 듯 기침을 하자 동방휘가 웃었다.

"하하하, 자네 정말로 술을 못하는군. 이건 여인들도 부담 없이 즐기는 백합주(百合酒)인데."

가슴을 쓰다듬으며 숨을 고른 천공은 문득 예전 천중과 나눴던 대화가 생각났다.

"이봐, 천공. 사람 사귀는 재미가 있더라고. 강호는……."

"홋, 네가 부럽군. 난 항마조에 속한 몸이라 함부로 밖을 나갈 수 없으니까 말이야. 남들 다하는 비무행도 못하고 있으니……."

"하기야 꽤 답답하겠지. 그래도 언젠간 기회가 오지 않겠어? 뭐, 항마신승으로서 평생 멸마의 길만 걷다가 늙어

죽을 수도 있겠지만. 껄껄껄!"

　'그래, 천중. 네 말마따나 사람을 알아 가는 재미가 있
는 것 같다.'
　소림사를 떠난 지 그리 오래되지 않았는데 벌써 소중한
인연이 여럿 생겼다.
　미소가 어여쁜 소녀 소청, 군자의 풍모를 가진 송유요,
그리고 지금 눈앞에 있는 젊은 호걸 동방휘.
　그때, 천마존이 못 봐주겠다는 듯 빈정댔다.
　[저 동방가 새끼나 너나 참 유치한 짓거리를 잘도 하는
구나. 친구 따위가 다 무어냐! 무인의 세계에선 오직 군
림과 복종의 관계만이 존재할 뿐이다.]
　천공은 한숨을 쉬며 고개를 절레절레 흔들었다.
　'이 늙은 마귀는 아마 지옥에 가더라도 바뀌지 않을 거
야.'

　　　　　*　　　　　*　　　　　*

어둠에 묻힌 어느 숲.
"워, 워!"
귀견옹이 황급히 고삐를 당기며 마차를 세웠다.

차내에 있던 단희연이 창밖으로 고개를 불쑥 내밀며 물었다.

"왜 그래요?"

"크음, 이거…… 난감하게 됐습니다."

"네?"

단희연은 냉큼 마차 밖으로 나왔다. 그러자 어슴푸레한 달빛 아래 좌우로 나뉜 갈림길이 시야에 들어와 박혔다.

"보시다시피 갈림길입니다."

"그게 문제가 되나요? 그냥 귀견들 꽁무니만 따라가면 되잖아요."

"그리 단순히 생각하실 게 아닙니다. 저 보십시오. 귀견들이 전부 좌측 길을 향해 꼬리를 흔들며 나지막이 짖고 있지 않습니까?"

"네, 그런데요?"

"저 길은 안탕산으로 이어지는 길이 아닙니다. 안탕산은 우측 길로 가야 합니다."

순간, 뇌리를 스치는 불길한 예감.

"저 좌측 길은…… 어디로 향하죠?"

"좌측 길을 따라가면 다름 아닌 신비괴림이 나옵니다."

귀견옹의 말에 단희연의 눈동자가 한껏 커졌다.

"그 말은 곧……."

"예. 천공, 그자의 목적지는 신비괴림인 것 같습니다."

단희연은 섬섬옥수로 관자놀이를 지그시 누르며 고민에 잠겼다.

안탕산 북역에 신비괴림이 위치한다는 것은 당연히 인지하고 있었지만, 천공이 설마 그쪽으로 향하리라곤 생각도 않았는데.

'참 여러모로 날 당혹스럽게 만드는 남자네. 하아……'

뜻하지 않게 뒤통수를 한 대 맞은 꼴이었다.

한숨을 쉬는 그녀를 향해 귀견옹이 슬그머니 눈치를 보며 입을 뗐다.

"어찌하시렵니까?"

"……"

물음을 받고도 아무런 대꾸가 없다.

신비괴림으로 가야 하나, 아니면 발길을 돌릴까? 여전히 고민 중인 그녀였다.

태고의 신비를 간직한 대원시림과 관련한 풍문들, 그것이 판단과 행동을 머뭇거리게 만들고 있었다.

물론 세간에 떠도는 풍문 전부를 믿는 것은 아니었다. 온갖 전설과 괴담이 난무하지만 사실로 드러난 것보다 확인되지 않은 것이 더 많았으니까.

그럼에도 불구하고 일류 고수들도 발길을 꺼리는 곳이란 소리가 괜히 나온 것이 아님을 알기에 선뜻 결정 내리기가 힘들었다.

귀견옹이 썩 내키지 않는단 눈빛으로 말했다.

"몇 달 전, 황산파(黃山派)의 유명 고수들인 황산오자(黃山五子)가 희대의 선약 신선산상초(神仙傘狀草)를 구하기 위해 그리로 갔다가 괴수와 독수에 의해 목숨을 잃을 뻔했다는 이야기를 들었습니다. 물론 황산파에선 그와 관련해 말을 아끼는 터라 진위 여부를 정확히 알 순 없습니다만…… 냉옥검녀께선 아무쪼록 신중히 결정하시기 바랍니다."

단희연은 아랫입술을 잘근 깨물었다.

'칫, 이럴 줄 알았으면 검대에서 인원을 뽑아 데리고 올 걸 그랬어. 그나마 귀견옹 같은 고수가 곁에 있다는 것은 다행이지만, 그 역시도 내심 껄끄러워하는 것 같아.'

그 순간, 뇌리로 구예의 단호한 명령이 떠올랐다.

"음강을 죽인 인물의 행방을 추적해라. 수단과 방법을 가리지 말고. 못 찾으면…… 네가 죽는다."

'신비괴림으로 드는 바람에 추적을 포기했다고 보고하면 성주 성질에 가만히 있지 않겠지? 하기야 수단과 방법을 가리지 말라고까지 했는데…….'

거듭 고심하던 그녀는 마침내 결단을 내렸다.

"기왕 여기까지 왔으니 좀 더 속도를 내도록 하죠. 지금부터 쉬지 않고 달리면 그가 신비괴림 어귀를 지나기 전에 따라잡을 수 있을 듯하니까."

"하나 우리가 한발 늦어 그자가 신비괴림 내로 든 상태라면 어찌하실 겁니까?"

"그건 그때 가서 생각해요."

눈살을 찌푸린 귀견옹이 수염을 만지며 짐짓 혼잣말처럼 중얼거렸다.

"크음, 만에 하나 신비괴림 안으로 발을 들일 수밖에 없는 상황과 직면한다면 주저주저하게 될 것 같은데……."

일순 냉랭한 빛을 머금은 단희연의 눈동자.

'이제 보니 위험덤삯을 추가로 지불하지 않는 이상 그 내부까진 동행하긴 힘들다는 뜻이구나. 흥, 돈만 밝히는 늙은이 같으니…….'

그녀는 마차로 발걸음을 돌리며 톡 쏘듯 말했다.

"걱정하지 말아요. 상황이 그렇게 되면 나중에 성주께

돈을 더 챙겨 주라고 말씀드릴 테니까."

그제야 귀견옹의 입가에 흡족한 미소가 걸렸다.

"아이고, 감사합니다. 냉옥검녀께선 너무 걱정 마십시오. 제 귀견들은 아주 특별한 힘을 가졌으니까요. 설령 풍문대로 신비괴림 내에 산다는 괴수나 독물과 마주하더라도 귀견들이 물어뜯어 죽여 버릴 것입니다. 후후훗."

자신만만한 태도로 보아 처음부터 신비괴림에 드는 것을 무서워하지 않은 듯싶었다.

단희연은 그 말을 듣고 나니 더 분했다.

'앞서 황산오자가 어쩌고저쩌고한 것도 돈을 더 받아내기 위한 밑밥이었군!'

별안간 귀견들이 일제히 귀를 쫑긋 세워 마치 뒤쪽을 향해 사납게 짖기 시작했다.

귀견옹은 즉각 후방의 길 저편으로 시선을 던졌다.

"누군가가 이쪽으로 오고 있는 모양이군요. 귀견들은 오직 무인의 은밀한 기척에만 반응하게끔 훈련을 받았습니다. 상대와의 거리는 대략 십 장에서 십오 장 정도일 것입니다. 하나 높은 수준의 고수라면 오륙 장 내외입니다."

단희연은 내심 귀견들의 뛰어난 청력에 감탄하며 후방을 주시했다. 그때, 귀견들의 짖는 소리가 한층 커졌다.

그러자 귀견옹이 내공으로서 은밀히 소리를 전하는 전음술(傳音術)로 급히 말했다.

[예상보다 더 가깝습니다. 상위 고수가 분명합니다.]

시간이 얼마 지나지 않아 단희연은 비로소 희미한 인기척을 감지할 수 있었다. 하지만 정확한 위치를 유추하기는 힘들었다.

'경공술이 뛰어난 인물이야!'

그 순간, 귀견들이 마차 후미와 가까운 고목 위쪽으로 고개를 쳐들며 짖었다.

귀견옹과 단희연은 동시에 그 나무 위를 노려 장풍(掌風)과 검풍(劍風)을 발출했다.

콰지직─!

굵은 나뭇가지가 박살이 난 찰나, 죽립을 눌러쓴 사내가 지면 위로 표홀히 내려앉았다.

"워, 워. 다들 진정하십시오."

일 장 간격을 두고 선 그는 황급히 두 손을 어깨 위로 들며 싸울 의사가 없음을 밝혔다.

귀견옹이 즉각 손짓을 보내 귀견들로 하여금 사내를 포위토록 했다.

둥글게 진을 친 귀견들은 저마다 송곳니를 보이며 으르렁거렸다. 주인의 명만 떨어지면 곧바로 덤벼 물어뜯을 듯 흉맹한 기세였다.

단희연은 검극을 정면으로 겨눈 채 상대의 행색을 유심히 살폈다.

후리후리한 키에 죽립 아래로 드러난 선 굵은 입술과 듬성듬성 난 수염, 누더기나 진배없는 의복, 그리고 등 뒤로 비스듬히 둘러멘 간편한 봇짐. 근지 모를 떠돌이 거지나 다름 아닌 모습이었다.

한데 전신을 감싸고 흐르는 기도가 범상치 않았다.

비록 남루한 차림새였지만 그것을 뒤덮는 늠름한 위풍이 도사려 일신에 보유한 무력이 비범하다는 것을 짐작할 수 있었다.

예의 사내가 히물 웃으며 말했다.

"이곳으로 오는 도중 갑자기 개 짖는 소리가 들려 나무 위로 몸을 숨겨 운신했을 따름이지, 다른 뜻은 없었습니다. 보아하니 음산한 귀기(鬼氣)를 가진 특별한 개들이군요. 그렇다면 그쪽에 계신 노인장께서 바로 귀견옹 되십니까?"

"그렇다. 넌 누구냐?"

귀견옹이 경계의 눈초리로 묻자 사내가 문득 단희연을 바라보았다.

"단 소저, 벌써 내 목소리를 잊었어요? 이거, 왠지 좀

섭섭한데…….”

그는 그 말과 함께 얼른 죽립을 뒤로 넘겨 자신의 얼굴을 훤히 드러냈다.

강인함과 용맹함이 느껴지는 호랑이상(相)의 이목구비.

얼굴을 확인한 단희연이 의외라는 눈빛으로 읊조리듯 중얼거렸다.

“당신은 철장신풍개(鐵掌神風丐)…….”

그러자 사내가 어깨를 으쓱거리며 웃었다.

“하하하, 오랜만입니다. 거의 일 년 만이지요?”

“여기서 만나다니, 뜻밖이네요.”

짧게 대답한 단희연이 신속히 검을 갈무리했다.

한편, 귀견옹은 내심 놀란 눈치였다.

‘저자가 그 유명한 철장신풍개로구나. 거지꼴에 걸맞지 않게 무인의 기도를 풍겨 개방도(丐幫徒)일 것이라 대충 짐작은 했지만…….’

철장신풍개 승궁인(承穹絪).

현 개방(丐幫) 최고의 무재라는, 당년 스물여덟 살의 젊은 무인.

승궁인이 몸담고 있는 개방은 단순히 역사만 놓고 보면 중원 무학의 총본산이라는 소림사보다도 더 오래된, 뿌리 깊은 정파 세력이었다.

거지들로 구성된 개방은 하남성 개봉(開封)에 총타(總舵)를 두고 전국 도처에 백여 개가 넘는 분타(分舵)를 거느렸는데, 그 인원수가 무려 삼만 명에 달했다. 실지 대륙 최고라 말해도 무리가 없을 엄청난 규모였다.

그들은 중원에 산재해 있는 수많은 개방도를 통해 입수한 각종 정보들을 사고파는 방식으로 명맥을 유지했는데, 방규(幫規)에 따라 불의한 일엔 절대 손을 내밀지 않았다. 그래서 뭇사람이 정파를 대표하는 세력을 거론할 때면 구대문파, 칠대세가와 더불어 그 명이 빠지는 법이 없었다. 또한 장구한 역사를 자랑하는 만큼 축적된 무학도 대단해 감히 걸인 집단이라 업신여기는 강호인은 전무했다.

작금에 이르러 개방의 위상은 용두방주(龍頭幫主) 여태백(呂太伯)으로 인해 한층 더 커졌다.

그는 현 정파 내 대정십이무성(大正十二武聖)에 이름을 올린 절륜한 노고수이자 평소 선행을 많이 베풀어 만인으로부터 존경을 받는 인물이었다.

승궁인은 그런 여태백을 사사한 직전제자.

한마디로 여태백의 뒤를 이어 차후 용두방주에 오를 유일한 후개(後丐)인 것이다.

귀견옹은 즉각 귀견들에게 손짓을 보내 포위를 푼 다음

궁금한 눈빛으로 물었다.

"개방의 후개가 여긴 어인 일이오?"

은근슬쩍 바뀐 말투. 상대의 신분을 안 이상 함부로 하대하기가 힘든 모양이었다.

승궁인이 조용히 눈웃음을 지었다.

"예, 실은 신비괴림으로 향하는 중입니다. 보아하니 두 분도 목적지가 같은 듯싶습니다만?"

그러자 단희연이 냉랭한 목소리를 흘렸다.

"맞아요."

"그럼 마차를 좀 얻어 타면 안 될까요? 보다시피 말도 없이 경공술로 거기까지 가자니 내력 소모가 너무 커서…… 실은 신비괴림 어귀에서 지인과 만나기로 약속을 했습니다. 마차로 가면 내일 오후 무렵에 당도할 수 있을 겁니다."

"난 지금 중요한 임무를 수행 중이에요."

단희연이 단칼에 거절하자 승궁인이 재차 넉살 좋은 얼굴로 부탁했다.

"길을 서두르는 것 같은데, 급하긴 나도 마찬가지입니다. 약속한 날짜가 내일이니까요. 내 사정을 좀 봐주면……."

"싫어요."

"매정하군요. 어? 잠깐. 설마 예정에도 없는 길을 가는 중입니까?"

"무슨 상관이죠?"

"하하, 내 짐작이 맞는 것 같군요. 그게 아니면 갈림길에서 마차를 멈춰 세울 이유가 없지요. 무작정 신비괴림으로 향하자니 마음에 걸린 것 아닙니까?"

"우리가 알아서 할 테니 신경 꺼요."

"어허, 그곳은 소저가 생각하는 이상으로 위험한 곳이랍니다. 날 태워 준다면 신비괴림에 대한 정보를 알려 주도록 하지요. 자, 어떻습니까?"

단희연과 귀견옹은 그 말에 귀가 솔깃했다.

개방은 방대한 인원을 바탕으로 강호 최고의 정보 수집 능력을 자랑하는 곳이다. 그러한 개방의 후개가 보장하는 정보라면 믿을 만한 고급 정보일 것이 틀림없었다.

그걸 증명하려는 듯 승궁인이 품에서 지도 한 장을 꺼내 건넸다.

"대략적인 지형과 설명이 적힌 지도인데, 그래 봬도 한 장에 일이백 냥을 호가하는 물건이지요. 신비괴림 내로 들려는 사람들 사이에선 인기가 아주 좋답니다."

그녀는 냉큼 지도를 펴 눈으로 한 번 훑더니 이내 고개를 끄떡이며 동승을 허락했다.

"흐음, 맘에 드네요. 좋아요."

단희연과 승궁인이 차내에 자리하기가 무섭게 귀견웅이 마부석으로 가 고삐를 흔들었다.

"끼랴! 끼랴!"

마차 바퀴가 잠시 미어지는 소리를 내더니, 이내 세차게 구르기 시작했다. 그렇게 갈 길 바쁜 세 사람을 태운 마차는 어둠을 뚫고 빠른 속도로 나아갔다.

*　　　　*　　　　*

아름드리 고목에 등을 기대고 앉은 동방휘가 별빛이 초롱초롱 빛나는 밤하늘을 물끄러미 바라보며 물었다.

"천공, 신비괴림에 대해 얼마나 알고 있나?"

한옆에 머리 뒤로 깍지를 끼고 드러누운 천공이 희미한 미소를 머금었다.

"자세한 것은 모르네. 이것저것 괴이한 소문만 접했을 뿐."

"흠, 그래? 생긴 것과 다르게 무모한 구석이 있군. 혹시…… 기연이나 신병이기를 얻을 생각으로 온 건가?"

"그런 뜬구름을 잡고자 여기까지 온 것은 아니야."

그때, 동방휘의 두 눈이 자못 진중한 빛을 띠었다.

"깊은 골짜기의 동혈에 전대 기인들의 안배가 숨겨져 있다거나 오래전에 자취를 감춘 신병이기가 존재한다는 그 항설들…… 뜬구름 같은 소리로 치부할 수만은 없다네."

"음? 그게 무슨 말인가?"

"내 믿을 만한 정보통에 의하면, 최근 신비괴림 중앙에 위치한 곡지(谷地)의 동혈에서 전대 고수의 진전을 습득한 인물이 한 명 있다고 했거든. 파악한 바론 아직까지 신비괴림 내에 머물고 있다는 모양이야."

천공이 놀랍다는 듯 물었다.

"사실인가?"

"개방도인 지인의 서신에 그렇게 적혀 있었어. 자세한 이야기는 나중에 만나서 들어 볼 생각이네. 실은 내일 그 지인과 신비괴림 어귀에서 만나기로 약속을 했어."

"기연을 얻은 인물이 혹시…… 자네가 찾고 있는 사람인가?"

동방휘가 대답 대신 고개를 끄덕거렸다.

"그래서 신비괴림 안으로 가려는 것이었군."

"내겐…… 둘도 없는 소중한 사람이니까."

읊조리듯 나지막한 목소리를 발하는 동방휘의 눈동자 위로 애잔한 빛이 언뜻 스쳤다.

그 눈빛을 읽은 천공이 속으로 중얼거렸다.

'소중한 사람이라……. 그 역시도 나처럼 뭔가 말 못할 사연을 품고 있었구나.'

동방휘는 잠시간 침묵하다가 화제를 바꿨다.

"천공, 내일 나와 함께 개방의 지인을 만나 보는 건 어떤가? 그는 개방에서 직접 제작한 신비괴림 지도를 가졌으니까 내가 부탁하면 한 장 얻을 수 있을 거야. 자네가 무슨 일로 여기까지 온 건지 모르겠지만, 그 지도가 있으면 아마도 도움이 될 듯싶은데."

천공은 그 말에 반색을 표했다.

"그럼 나야 고맙지."

"참, 신비괴림으로 드는 목의 첫머리에 객잔이 자리 잡고 있다는 것은 알고 있나? 실은 거기에서 지인과 만나기로 약속을 했네."

냉큼 일어나 앉은 천공이 뜻밖이라는 듯 되물었다.

"아니, 이런 곳에 객잔이 있다고?"

"하하하, 이렇듯 세상 물정 어두운 친구를 봤나. 안전한 곳이든 위험한 곳이든 사람들이 드나드는 장소엔 반드시 장사꾼이 있기 마련이지. 신비괴림은 꼭 강호인이 아니라도 희귀한 약초를 구하려는 채약인(採藥人)들이 꾸준히 찾는 곳이야. 그러니 객잔 하나 정도는 있음이 당연하잖은가."

천공이 머쓱한 표정으로 이마를 긁었다.

"그렇군. 하지만 왠지 평범한 객잔은 아닌 듯한 느낌이 드는데……."

"물론 평범하진 않지. 아니, 정확히 말하면, 그 객잔의 주인이 범상치 않은 인물이지."

그 말눈치를 짐작한 천공이 바로 물었다.

"옳아, 강호 무인이 운영하는 객잔인가?"

"예전 무림을 등지고 은퇴한 사파의 낭인 도객, 광도귀(狂刀鬼) 백경(白勍)이 바로 그 객잔의 주인이네."

광도귀 백경은 한때 귀검성 성주 신검귀 구예와 더불어 하남쌍귀(河南雙鬼)라 불린 초절한 고수로, 삼 년 전 무당파 장문인과 겨뤄 패배한 후 홀연 무림을 떠났다. 당시 하남과 호북 지역을 중심으로 떠들썩거리게 만든 사건이라 천공도 잘 알고 있었다.

동방휘가 백합주를 꺼내 목을 축인 후 이야기를 이었다.

"나도 개방의 지인을 통해 뒤늦게 안 사실이지. 소식에 의하면, 평범한 아저씨가 다 됐다고 하더군. 그때 무당파 장문인에게 졌던 것이 꽤나 충격이 컸나 봐."

천마존이 대뜸 시끄러운 소성을 터뜨렸다.

[크하하, 크하하하! 광도귀가 이런 외진 곳에 처박혀 객잔 장사나 하고 있다고? 명색이 무림 고수란 놈이 패배감에 젖어 칼을 놓고 범인의 삶을 살다니, 실로 볼썽사납구나. 나 같으면 절치부심 일신의 힘을 길러 무당파 전체를 피로 씻어 버렸을 것이야. 크흐흐홋.]

천공은 애써 무시하며 동방휘를 향해 말했다.

"내 듣기로 개방은 친분을 막론하고 대가를 지불하지 않으면 그 어떤 정보도 함부로 가르쳐 주지 않는다고 하던데……. 아마 그 개방의 지인은 자네와 아주 막역한 사이인 것 같군. 그러한 숨은 정보를 아무렇지도 않게 공유할 정도로."

"뭐, 그 어떤 불행도 함께 감수할 수 있는 유일한 사람이랄까? 나보다 세 살 위 형으로 거의 십수 년 가까이 알고 지냈어. 솔직히 피만 섞이지 않았을 뿐, 형제나 진배없지."

순간, 천공은 자신이 알고 있는 한 인물이 떠올라 넌지시 물었다.

"개방 내에서도 꽤 높은 지위의 인물인가?"

"그는 다름 아닌 개방의 후개라네. 혹시 철장신풍개 승궁인이라고 들어 본 적 있나?"

천공은 두 눈을 빛내며 조용히 고개를 끄덕거렸다.

'철장신풍개 승궁인! 과연 내 예상이 맞았어. 천중이 자신의 호적수라고 인정한 몇 안 되는 젊은 무인……'

친우인 천중이 몇 해 전 비무행을 치르는 동안 유일하게 우열을 가리지 못했다는 상대가 바로 개방의 후개 승궁인이었다. 예의 비무는 비공개로 이뤄진 터라 아직까지 세인들은 그 둘이 만났다는 사실조차 알지 못했다.

천공은 비무행을 끝낸 천중이 소림사로 귀환한 후로 틈만 나면 승궁인과 다시 비무를 벌이고 싶다며 노래를 부른 탓에 그 명을 정확히 기억하고 있었다.

'동방가 자제답게 인맥이 화려하구나. 개방의 후개와 호형호제하는 사이라니……. 새삼 천중의 얼굴이 그립군.'

그때, 동방휘가 빙그레 웃으며 당부했다.

"승 형은 초면이고 구면이고 간에 종종 짓궂게 굴거나 다소 험한 말을 입에 담기도 한다네. 자네도 알다시피 개방도들이 대개 길거리 출신이라 성정이 원래 좀 그렇잖나. 그러니 승 형을 만나거든 그 언행에 너무 당황하진 말게. 나쁜 뜻으로 그러는 것은 아니니까. 가문을 걸고 장담하는데, 사람은 아주 좋아."

천공도 마주 웃음을 띠며 화답했다.

"하하. 그래, 알았네."

당황할 리가 있나. 이미 천중의 거친 입담을 통해 오랜 세월 단련이 된 몸인데.

"자, 시간이 늦었으니 그만 자도록 하지."

동방휘가 그 말과 함께 천을 바닥에 깔고 잠잘 자리를 만들었다.

봇짐을 베개 삼아 나란히 누운 두 사람.

천공은 이내 두 눈을 지그시 감고 생각에 잠겼다.

"내 비록 그 거지 놈이랑 비무를 벌여 아쉽게 승패를 가리진 못했지만, 적어도 말싸움은 이겼다고. 그동안 사내에서 하지 못했던 욕들을 마구 내뱉으니 당황하는 꼴이 꽤나 볼 만하더군. 껄껄껄!"

비무행을 끝낸 천중이 소림사로 귀환하자마자 자신을 붙잡고 했던 말.

'승궁인이라⋯⋯.'

당시엔 까맣게 몰랐다.

천중이 호적수라고 언급하던 인물과 이런 식으로 만날 기회가 찾아오리라곤.

'사람 인연이란 참 예측하기 힘든 것이구나.'

그때, 동방휘가 불쑥 물음을 던졌다.

"천공, 천마교가 멸망했다는 소식은 알고 있겠지?"

"아…… 물론."

"정말 신기하지 않나? 긴 세월 새외의 절대패자로 군림해 온 천마교가 의문의 대폭발로 한순간에 사라져 버리다니……. 사실 소문만 그러할 뿐, 정확한 원인은 아무도 모르지. 개방에서도 따로 인원을 꾸려 조사를 했지만, 별다른 성과가 없었다고 하네."

그러자 천공은 짐짓 모른 체하며 말을 받았다.

"그 내막을 어찌 알겠나. 어쩌면 마도 무리의 죄악을 보다 못한 하늘이 벌을 내린 것일지도 모르지."

그 소리가 끝나기 무섭게 천마존이 투덜거렸다.

[놈, 닥쳐라. 뭐가 어째? 하늘이 벌을 내려? 그때 일만 생각하면 지금도 피가 거꾸로 치솟거늘. 명심해라, 천공! 내가 이렇듯 살아 있는 이상 본 교는 끝난 것이 아니다.]

천공이 성가시다는 듯 눈살을 찌푸렸다.

한편, 동방휘는 아무것도 모른 채 다시 입을 열었다.

"천마교가 사라진 것은 중원무림에 있어 참으로 다행한 일이나…… 조금 아쉽단 생각도 드네."

"아쉽다니, 그게 무슨 소린가?"

"하하하, 실은 예전에 승 형과 그런 얘기를 나눈 적이 있거든. 서로 힘을 키워 언제고 반드시 마의 축인 천마교를 섬멸하는 주역이 되자고."

만약 자신의 옆에 누워 있는 천공이 실제 그 주역임을 알게 된다면 과연 표정이 어떨까?

"그때부터 가끔씩 내가 휘두른 검이 천마존의 목을 꿰뚫는 장면을 상상하곤 했지. 후훗, 유치하지만……."

[큭, 저런 건방진 새끼를 봤나! 아비가 명색이 십대무신이라고 제 놈도 그와 같은 경지에 이를 수 있으리라 여기는 모양이구나! 좋아, 내 힘을 되찾는 즉시 가주 동방표호의 목부터 따 버릴 테다!]

천마존이 광분해 소리치는 가운데 동방휘는 계속 천마교를 주제로 말을 이어 나갔다.

둘 사이에 낀 천공만 이래저래 괴로울 뿐.

'휴우, 여러모로 피곤하군. 어서 잠이나 청하자.'

＊　　　　＊　　　　＊

야삼경(夜三更)을 넘긴 무렵.

단희연은 늘씬한 다리를 꼬고 앉아 승궁인에게 받은 지도를 보며 속으로 감탄했다.

'흐음, 파악된 지점보다 미답인 지점이 더 많지만……

그래도 이 정도면 꽤 훌륭한걸. 역시 개방이구나.'

그녀는 지도에 작은 글씨로 쓰여 있는 설명을 읽다가 자못 놀란 표정으로 물었다.

"세상에, 이 내용이 정말이에요? 신비괴림 내에서 이무기인 독각혈망(獨角血蟒)의 흔적이 발견되었다고 요?"

맞은편 자리에 앉은 승궁인이 미소를 지으며 대답했다.

"독각혈망의 것인지 아닌지는 아직 불분명합니다. 앞으로 좀 더 조사를 해 봐야 확실히 알 수 있을 겁니다."

"그럼 여긴 왜 그렇게 적어 놓은 거죠?"

"신비괴림 내에서도 유독 위험한 곳이니까요. 본 방에서 제작한 지도를 사 간 사람들로 하여금 경각심을 갖도록 만들기 위한 작은 배려입니다. 단 소저도 그 지도에서 괴수나 독물 따위가 있다고 표기된 곳과 미답이란 글자와 함께 공백으로 처리된 곳엔 절대 발을 들여선 안 됩니다. 명심해요."

"일이 잘 풀리면 신비괴림 안으로 향하는 일은 없을 거예요. 여하간 충고는 새겨들을게요."

"보아하니 누군가의 뒤를 쫓고 있는 듯싶군요."

"개방도 아니랄까 봐 눈치 한 번 빠르네요. 그러는 승 소협은 신비괴림 어귀에서 지인과 만나기로 약속했다고요?"

"그렇습니다."

그러자 단희연이 의미심장한 눈빛을 띠며 물었다.

"그를 만나 신비괴림 내로 들 계획이에요?"

"예. 실은 본 방과 아무런 관련이 없는, 지극히 개인적인 일이지요."

"뭐, 딱 봐도 알겠네요. 안 그랬으면 휘하 방도들을 데리고 왔을 테니까요."

단희연은 그 말과 함께 창가에 머리를 기댔다. 그런 그녀의 얼굴엔 피곤한 기색이 역력했다.

'잠깐 눈을 좀 붙일까.'

그때, 승궁인이 불쑥 던진 말이 잠을 확 달아나게 만들었다.

"단 소저, 유령검후의 비급은 현재 어느 정도까지 깨우친 상태입니까?"

"당신이 그걸 어떻게 알고 있죠?"

"하하하, 어쩌다 보니 알게 됐습니다. 아, 괜한 오해는 말아요. 귀검성 내에 본 방의 세작을 심어 놓은 건 아니니까."

단희연은 특유의 차가운 눈빛으로 승궁인의 얼굴을 빤

히 바라보았다.

'하기야 마음만 먹으면 황실(皇室)의 비사도 능히 캐낼 수 있다는 개방인데 새삼 놀라울 게 무어 있을까.'

승궁인이 손가락으로 뺨을 긁으며 시선을 회피했다.

"험, 험. 내가 괜한 것을 물어본 모양이군요."

짧게 한숨을 쉰 그녀는 이내 솔직하게 털어놓았다.

"몇 달 전 겨우 앞부분에 있는 검초를 터득했을 뿐이에요. 유령검법은…… 내 머리로 이해하기엔 너무 어려운 검학이더군요. 이미 반쯤 포기했어요."

"괜찮다면 내가 한 번 봐도 될까요?"

"안 될 것도 없죠."

단희연은 선뜻 보따리에서 비급을 꺼내 주었다. 그것을 받아 든 승궁인은 진지한 얼굴로 책장을 넘겼다.

시간이 얼마나 지났을까.

승궁인의 입에서 나지막한 감탄이 새어 나왔다.

"흐음, 과연……. 오, 이 부분은 정말 심오하군. 이야……."

그 반응을 접한 단희연의 동공이 반짝 빛을 발했다.

'어머, 뭐지? 설마 구결을 이해하고 있는 건가?'

그녀는 일순 묘한 기대감에 부풀었다.

'어쩌면…….'

승궁인은 당금 개방 최고의 무재라 칭송되는 인물. 그런 그라면 난해하기 짝이 없는 유령검법의 요체를 파악해 낼지도 모른다는 생각이 들었다.

"승 소협, 뭔가 와 닿는 게 있나요?"

단희연이 묻자 승궁인이 책을 덮으며 씩 웃었다.

"훗, 유령검법은 실로 훌륭한 검학이군요."

"그 말은……."

"천재란 소리를 들으며 자란 내가 이해조차 할 수 없을 만큼 너무나 어려운 무공입니다. 계속 읽으니 머리가 다 어지럽네요."

"칫! 장난해요?"

눈을 흘긴 단희연은 신경질적으로 비급을 빼앗아 보따리 속으로 집어넣었다. 그러자 승궁인이 타이르듯 은근한 목소리를 발했다.

"단 소저, 진정 유령검법을 극성으로 깨우치길 원한다면 내가 따로 힘을 써 볼 수도 있어요."

단희연이 놀란 표정으로 물었다.

"정말…… 이에요?"

"네, 그럼요. 대신 한 가지 약속만 해 줘요."

"뭐죠?"

"내 청혼을 받아들여 아내가 되겠다는 약속. 하하하하!

그럼 본 방의 인맥을 총동원해서라도 유령검법을 완벽히 터득할 방도를 찾아보지요."

"흥, 집어치워요!"

승궁인이 능글능글한 얼굴로 재차 입을 열었다.

"일 년 전 소저가 내 첫사랑이라고 했던 그 말, 결코 거짓이 아닙니다. 내 딴엔 용기를 내어 한 말이었어요. 아무튼 인내심을 갖고 기다릴 생각이니 나중에 맘이 바뀌거든 언제든지 본 방의 문을 두드리도록 해요. 그때까지 아무 여자하고도 안 잘 테니까. 쑥스럽지만…… 이래 봬도 아직 동정의 몸이랍니다. 후훗."

"자꾸 실없는 말 내뱉을 생각이라면 당장 마차에서 내려요."

단희연은 그 말과 동시에 칼자루를 움켰다.

"워, 워! 지, 진정해요. 오랜만에 만나 반가운 마음에 그냥 장난 좀 쳐 본 건데. 하지만 유령검법을 깨우치게끔 돕고 싶다는 말은 진심이었어요. 내가 지금 누굴 만나러 가는 중인지 궁금하지 않습니까?"

"전혀요."

"다름 아닌 청룡동방세가의 삼남 동방휘입니다."

뜻밖의 이름에 단희연의 눈동자가 커졌다.

"동방휘……? 용비검랑?"

"하하하, 맞아요. 소저도 잘 알다시피 동방휘는 검술의 천재입니다. 내 그를 만나거든 유령검법을 한 번 살펴보라고 부탁해 볼게요. 아마 동방휘라면 난해한 구결을 풀 단초를 찾아낼 수 있을 겁니다. 그러니 화 풀어요."

그녀는 잠시 침묵하다가 이내 싸늘한 목소리를 흘렸다.

"그따위 거짓말에 속을 줄 알아요?"

9장
만남

"웩!"

각혈을 한 천공은 비틀비틀 움직여 숲길 옆의 고목에 등을 기대고 섰다.

'으윽……! 시간이 갈수록 심맥이 뜨끔거린다.'

외상도 외상이지만 내상이 깊어 이대로 가다간 큰 위험에 빠질 듯싶었다. 설상가상, 하단전의 주요 기로마저 위축이 되어 버렸으니…….

'어떻게든 본사로 복귀해 치료를 받아야 해.'

가까스로 정신을 차리고 폐허가 된 천마교를 벗어나 어느덧 청해성과 감숙성 경계에 위치한 기련산맥(祁連山脈)의 한 자락에 이르렀지만, 여전히 한 걸음 한 걸음이 천

근만근이었다. 게다가 어렵게 구한 비상식량마저 다 떨어져 당장 끼니 해결부터가 큰 걱정거리였다.

실지 예까지 온 것도 기적에 가까운 일.

옷소매로 입가의 피를 닦은 그는 긴 한숨과 함께 천마존이 최후의 순간에 펼친 막강한 절기를 떠올렸다.

'제아무리 동귀어진(同歸於盡: 승산이 없을 때 최후에 적과 함께 죽는 수법)을 각오한 비장의 한 수였다고는 하지만…… 금강불괴를 이룬 몸을 엉망진창으로 만들어 버릴 정도의 위력이라니…….'

그 생각과 함께 언젠가 사부 일화와 나누었던 대화가 뇌리를 스쳤다.

"천마신공은 천마교 초대 교주 천마대종사(天魔大宗師) 혁비(赫譬)가 창안한 절세 마학으로, 달마 조사께서 남기신 역근세수경(易筋洗隨經)에 비견될 만하단다. 특히 천마신공 내 최고 절기라고 알려진 마광파천기는 그 위력이 실로 대단하여 제아무리 금강불괴지체라도 감당하기가 자못 힘들 것이니라."

"마광파천기의 힘이 그 정도입니까?"

"한 가지 다행인 것은 초대 교주 이후로 여태껏 마광파천기를 대성한 자가 나오지 않고 있다는 사실이다."

"마광파천기 자체가 아주 난해한 절기인 모양이군요."

"그렇지. 역근세수경의 오의를 완벽히 터득한 본사의 고승들이 그리 많지 않은 것처럼……. 하나 당금 교주인 천마존 섭패(攝敗)는 불세출의 마인이라 평가받는 인물이니 각별히 조심해야 하느니라. 그라면 혹 마광파천기를 상당한 수준까지 깨달았을 가능성도 있으니 말이다."

"예, 사부님."

천공은 괴로운 표정으로 입술을 꽉 깨물었다.

'바보 같은……! 상대는 명색이 십대무신도 맞서길 꺼려한다는 천마존인데 일이 순조롭게 풀리는 것 같다고 찰나지간 방심을 하다니!'

뒤이어 한 가지 의문이 흉중 깊이 똬리를 틀었다.

'그나저나…… 마지막 순간에 천마존의 혼기가 몸속으로 스미는 것을 느꼈다. 한데 왜 여태껏 아무런 반응도 나타나지 않는 걸까?'

그는 고개를 가로젓다가 이내 숲 위로 펼쳐진 파란 하늘을 올려다보며 망자가 된 항마신승들 위해 기도했다.

'홀로 살아남아 면목이 없군요. 다들…… 극락왕생을 진심으로 빕니다.'

별안간 귓전에 와 닿는 말발굽 소리와 바퀴 구르는 소리.

다그닥, 다그닥—! 드르르, 드르르르—!

시간이 얼마 지나지 않아 숲길 저편으로부터 허름한 마차 한 대가 다가오는 것이 시야에 들어와 박혔다.

앞쪽 마부석엔 흑단 같은 긴 머리칼을 양 갈래로 땋아 내린 묘령의 여인이 자리해 있었다.

그녀는 마치 아침에 핀 백국(白菊)처럼 청초한 인상이었는데, 몸에 걸친 경장은 그와 어울리지 않는 시커먼 빛깔이었다.

'이런 외진 곳에 마차를 모는 여인이라니…….'

어쨌든 곤경을 벗어날 절호의 기회였다.

'과연 그녀가 선뜻 호의를 베풀어 줄까?'

천공은 잠깐 망설이다가 도움을 청하기로 결심했다. 상황이 상황인 만큼 타인의 손길이 절실했으므로.

'겉모습만 봐선 강호인인지 아닌지 모호한데……. 다른 문파에 속한 무인이 아니라면 좋겠군. 내가 이렇게 된 것에 대해 꼬치꼬치 캐묻는다면 곤란하니까. 으윽!'

그는 바닥을 기다시피 힘겹게 숲길 가운데로 나와 팔을 휘휘 저었다.

지척으로 온 여인이 마차를 급히 멈춰 세우며 물었다.

"어머! 스님, 몸을 많이 다치셨나요?"

"예, 소저. 보다시피…… 제가 지금 성한 상태가 아닙니다. 초면에 죄송하지만……."

천공은 미처 말을 끝맺지 못했다.

소란스러운 기척과 동시에 마차 주변으로 칼을 찬 십여 명의 장한들이 우르르 등장한 까닭이었다.

덥수룩한 수염에 험상궂은 인상을 가진 그들은 다름 아닌 산적 무리. 무늬가 독특한 짙푸른 복색으로 보아 사파 녹림방(綠林幫) 소속임이 분명했다.

호북성 녹림산에 총채(總寨)를 두고 있는 녹림방은 전국 각지의 내로라하는 산적들이 규합한, 정파로 치면 개방과 같은 세력이었다. 물론 그 역사는 개방에 턱없이 못 미치지만 무공이 출중한 고수들을 많이 보유하고 있어 위세가 자못 대단했다.

특히 녹림방을 이끄는 총채주는 사파 내에서도 유명한 강자. 때문에 그 누구도 녹림방을 가리켜 한낱 산적 무리라 함부로 괄시하지 못했다.

천공은 낭패한 기색으로 어금니를 앙다물었다.

'내 몸 상태가 생각보다 심각하구나. 아무리 무공을 익힌 녹림방도라지만 그 기척조차 미리 간파하지 못하다니……. 어떡하지? 난 지금 손발을 휘두를 힘조차 없는 상황인데.'

무리 중 가장 큰 덩치를 자랑하는 산적이 긴 칼을 뽑아

들며 으름장을 놓았다.

"이곳을 지나려거든 통행료를 내야지. 뭐, 돈이 없다면 몸으로 때우는 것도 괜찮고. 크홋. 비실거리는 땡추 말고, 예쁘장한 계집 너 말이야."

정작 여인은 본체만체 눈길조차 주지 않고 천공을 향해 말했다.

"스님, 마차에 오르세요."

그러자 천공이 오히려 더 당황했다.

여인이 걱정하지 말라는 듯 눈웃음을 짓더니 돌연 빠르게 주문을 외며 소매 속에서 노란 부적 한 장을 꺼내 허공으로 던졌다.

화르르륵—!

부적이 불꽃에 휩싸여 재로 화한 순간, 사위에 시커먼 바람이 일며 온갖 형상의 귀신들이 등장해 녹림방도들 시야를 어지럽혔다.

"귀, 귀신이다!"

"저, 저리 가! 우아앗! 저리 가!"

"허억! 이 무슨……."

녹림방도들은 저마다 크게 당황해 소리쳤다. 반면, 천공의 눈엔 아무것도 보이지 않았다.

같은 공간, 다른 시계(視界).

환영을 이용한 주술 결계인 듯싶었다.

천공은 사갈을 밟은 것처럼 질겁해 우왕좌왕하는 그들을 보며 속으로 감탄했다.

'그녀가 설마 술사(術士)일 줄은……. 솜씨가 훌륭하구나.'

여인이 차분한 표정으로 재차 입을 열었다.

"스님, 제가 아직 배움이 부족해 주술의 지속 시간이 그리 길지 않답니다. 그러니 어서 마차에 오르세요."

천공은 얼른 무거운 다리를 이끌고 차내에 몸을 실었다. 그렇게 마차는 주술에 홀린 녹림방도들을 뒤로하고 숲길을 빠르게 내달렸다.

그로부터 한식경 정도 지난 때.

꾸불꾸불 뻗친 길을 따라 산모퉁이를 돌아 나온 마차가 한 나무 그늘 아래에 이르러 정지했다.

여인은 즉각 마부석에서 내려 차내로 들더니 천공에게 작은 환약 한 개를 건넸다.

"일단 이것부터 복용하세요."

약방에서 흔히 볼 수 있는, 상처의 염증을 방지하고 기력 회복을 돕는 원기환(元氣丸)이었다.

천공은 감사를 표하곤 원기환을 잘근잘근 씹어 삼켰다.

시간이 얼마 지나지 않아 흐릿하던 눈동자 위로 비로소

생기가 감돌았다. 뒤이어 파리하던 안색도 핏기를 되찾기 시작했다.

몸을 이리저리 살짝 비틀어 본 천공이 깜짝 놀라 두 눈을 반득 빛냈다.

"아! 이것은…… 평범한 원기환이 아니군요? 외상의 통증이 꽤 완화되었습니다."

"네. 진귀한 약재로 만든 원기환이에요. 스승님으로부터 조제법을 배웠죠. 여느 원기환과 비교해 진통 효과가 월등하답니다."

여인은 그 말과 함께 좌석 밑에서 약상자를 꺼내 외상이 곪지 않도록 응급조처를 취했다. 그런 다음 천공의 맥문을 짚어 진맥을 해 보더니 이름 모를 환약 여러 개를 추가로 복용시켰다.

"자, 됐어요. 적어도 숭산에 도착할 때까지 심맥의 고통이 악화되는 일은 없을 거예요. 맘 같아선 싹 고쳐 드리고 싶은데…… 지금 가지고 있는 약이 마땅치가 않네요."

천공은 그런 마음 씀씀이가 고마웠다.

직후 그녀가 보따리를 끌러 주먹밥 세 개를 꺼냈다.

걸신들린 듯 그것을 순식간에 먹어 치운 천공이 문득 짧은 밤송이 같은 머리를 어루만지며 얼굴을 붉혔다.

"아, 하도 오래 굶어서……."

"후훗, 그리 민망해하실 필요 없어요. 무공을 익히신 것 같은데, 혹시 소림사에 적을 두고 계신가요?"

"맞습니다."

"한데 그 법복은 소림사 고유의 것이 아니잖아요?"

"실은 특별한 임무를 수행하는 중이라……."

천공이 발설하기 곤란하다는 듯 말꼬리를 흐리자 여인이 이해한다는 눈빛으로 고개를 끄덕거렸다.

"괜찮아요. 그냥 호기심에 여쭤 본 거예요. 참, 소개가 늦었네요. 저는 손묘정(孫猫晶)이에요. 현재 절강성 쪽에 살고 있답니다."

"전 천공이라 합니다. 소저께선 어느 문파에……?"

"아뇨, 문파는 없어요. 단지 스승님 한 분만 섬기고 있을 따름이죠."

"그렇군요. 소저의 실력으로 보아 필시 고명하신 분인 듯싶습니다."

"스승님께선 의술을 비롯해 주술, 선술 등 여러 방면에 탁월한 능력을 가지고 계세요. 전 아직 스승님처럼 되려면 한참 멀었답니다. 아까 제가 시전한 주술도 실은 완전한 수준이 아니에요."

그러면서도 자신의 스승이 누구인지에 대해선 말을 아

겼다.

천공은 앞서 그녀가 그랬듯 궁금증을 누르며 너그러이
이해했다.

"절강성에서 예까진 무슨 일로 오셨습니까? 보통 먼
길이 아니었을 텐데."

"오직 대설산(大雪山)에서만 자생한다는 백엽설삼(白
葉雪蔘) 때문이에요. 새로운 약을 개발하는 데에 그것이
꼭 필요해서……. 첨엔 서너 뿌리만 구해 돌아갈 계획이
었는데, 다행히 열 뿌리 넘게 손에 넣었죠. 아무튼 제가
숭산까지 모셔다 드릴게요. 너무 걱정 마세요."

"그래도…… 괜찮겠습니까?"

"의술을 배운 사람으로서 병자를 외면할 순 없는 법이
죠. 더욱이 그 대상이 소림사의 무승이라면……."

둘을 태운 마차는 감숙성을 벗어나 섬서성을 가로지른
후 마침내 하남성 숭산에 당도했다.

오는 동안 손묘정이 수시로 손을 써 준 덕분에 외상과
내상은 더 악화되지 않았다.

소림사 산문 앞에 선 손묘정의 걱정스레 물었다.

"천공 스님, 저 위까지 올라가실 수 있겠어요?"

고개를 끄덕거린 천공은 공손히 합장을 하며 이별을 고
했다.

"이 은혜는 잊지 않겠습니다."

그때, 손묘정의 눈방울이 의미심장한 빛을 흘렸다.

"현재 스님 몸속에…… 다른 영혼이 들어와 있다는 것은 알고 계시나요?"

천공이 일순 흠칫하자 그녀가 다시 목소리를 이었다.

"처음 진맥을 했을 때 눈치챘답니다. 하나 현재 제 능력으론 그 영혼이 정확히 어떤 존재인지 파악할 순 없었어요. 여하간 조심하시는 게 좋아요. 아, 그리고…… 만에 하나 그 정체 모를 영혼이 해를 가하거나 위축된 기로를 원래대로 회복할 방도를 찾지 못하시거든 나중에 제가 있는 곳을 한 번 방문하세요. 아마 스승님께선 그 문제를 능히 해결할 수 있으실 거예요."

"알겠습니다. 말씀만이라도 감사합니다."

"혹시 흑선이란 별호를 들어 보신 적 있나요?"

호홀지간 천공의 두 눈이 휘둥그레졌다.

"예? 그럼 손 소저 스승 되시는 분이 바로 흑선……?"

"맞아요. 칠 년 전에 은퇴를 선언하시고 지금은 저와 함께 신비괴림 안에 있는 흑운동에 기거하시죠."

"아……."

"스승님께선 과거 번잡하고 소란한 중원 생활에 지치셔서 일부러 그리로 드셨죠. 제게 항상 버릇처럼 말씀하세요. 온갖 군상이 뒤섞인 세상을 뒤로하고 고요한 가운데 인생의 참된 경지를 맛보기 위해 은거를 택했다고……."

"일종의 구도(求道)를 위한 은거였군요."

"때문에 제가 함부로 오시는 길을 상세히 가르쳐 드릴 수는 없어요. 하나 한 가지 암시를 드리자면, 흑운동은 신비괴림의 북서쪽 절곡에 위치해 있답니다. 거기서 검은 안개가 피어오르는 동혈을 찾으시면 돼요. 너무 막연한 소리 같겠지만, 제가 가르쳐 드릴 수 있는 것은 이게 전부예요."

손묘정은 그러더니 눈웃음과 함께 혀를 쏙 내밀며 말을 보탰다.

"행여 사부님을 뵙는 날이 오더라도 제가 암시를 드렸다고 발설하시면 절대 안 돼요. 그럼 제 입장이 곤란하니까요. 아마 크게 혼날 거예요. 후훗."

청초한 외모와 달리 의외로 발랄한 면이 있는 아가씨였다.

천공이 미소를 머금으며 화답했다.

"예, 명심하지요."

"그럼 조심히 올라가세요, 잘생기신 스님. 다음 인연을 기대할게요."

"……천공. 이봐, 천공!"

동방휘의 연이은 부름에 천공의 눈동자가 비로소 초점을 찾았다.

"아, 미안하네. 잠깐 딴생각을 하느라……."

"딴생각?"

"그냥 옛일이 떠올라서."

그러자 동방휘가 씩 미소를 그었다.

"뭐야, 설마 아리따운 여자 생각이라도 한 건가?"

"훗, 이상한 쪽으로 몰지 말게."

말에 오른 두 사람은 따가운 햇살 아래 숲길을 부지런히 내달리는 중이었다. 이윽고 한 굽이를 돌자 먼 쪽 계곡물 옆 평지에 우뚝 자리한 이층 객잔이 눈에 담겼다.

"승 형과 만나기로 한 곳이 바로 저 객잔이네."

천공은 객잔 주변을 살피며 조용히 말했다.

"마당에 묶여 있는 말의 수로 보아 객잔 내에 손들이 제법 든 모양이야."

"흐음, 무슨 날인가? 이거, 내 예상보다 훨씬 많은 것 같은데. 아무튼 신비괴림을 찾는 사람들 중엔 괴팍한 성격을 가진 무인도 더러 있으니 괜한 시비가 붙지 않게 조심하자고. 특히 사파 쪽 무인들……."

천마존은 오히려 그러한 일이 생기길 바랐다.

[성질 더러운 놈들이 잔뜩 모여 있었으면 좋겠군. 크크 크크. 신비괴림으로 들기 전에 여기서 몸을 한 번 푸는 것도 괜찮지.]

그의 전성에 천공이 슬며시 인상을 찌푸렸다.

'생각하기조차 싫은 일이군.'

만약 마공을 구사하거나 천마존의 힘을 빌리지 않으면 안 되는 상황이 닥친다면 동방휘까지 적으로 돌변할 것이 분명했다. 명색이 정도 명문가 혈손이 마공을 익힌 자를 친구로 여길 리는 만무하잖은가.

'막상 객잔과 가까워지니 고민되는걸. 차라리 들르지 말고 그냥 떠날까?'

하나 승궁인으로부터 신비괴림 지도를 얻어 주겠다는 동방휘의 호의를 무시할 순 없었다. 또한 자신도 그 지도를 손에 넣으면 흑운동을 찾는 데 아주 용이할 것이라 여겼다.

지난번 송유요 의원에서 흑선동의 대략적인 위치가 그려진 약도를 보았으나 그것만 가지곤 아쉬운 감이 없잖아 있었으니까.

천공은 결국 일련의 망설임을 접고 동방휘의 뜻을 따르기로 마음먹었다.

"자네가 동방가를 상징하는 무복을 걸치고 있는데, 설마 함부로 시비를 걸기야 하겠나?"

"하하, 그건 모를 일이지. 내가 가지고 있는 칼이 보검 (寶劍)임을 알아보고 빼앗으려는 무리가 있을지도……. 무릇 강호에서의 앞일은 어디로 튈지 예상하기 힘들잖은가."

천공은 비로소 동방휘의 허리에 걸린 검을 유심히 보며 물었다.

"가보(家寶)인가?"

"음, 본가에 딱 세 자루밖에 없는 청룡강검(靑龍鋼劍) 이네. 희귀한 철로 연마한 칼인데, 일 천 근의 무게도 너끈히 견디는 강도를 자랑하고, 또 검기 발출 시에 그 힘을 증대하는 묘용까지 발휘하지."

그의 말에 천공은 신기해했다.

'검기의 위력을 강화시키는 칼이라……. 그렇다면 실전에서 큰 도움이 되겠군.'

물론 그것을 편법이라 생각진 않았다.

천공은 그 누구보다 잘 알고 있었다. 제아무리 특별한 힘을 가진 병기라도 그에 걸맞은 주인을 만나지 않으면 아무런 소용이 없음을. 비단 병기뿐 아니라 무공 비급의 경우도 마찬가지였다.

과거 항마조가 그랬다.

비전 심법, 절세 마공, 대환단 추가 복용의 혜택.

애초 항마신승으로 선출된 무승들이 그 모든 것들을 능히 소화할 능력이 없었다면 천마교와 싸워 보기도 전에 이런저런 문제로 자괴하고 말았을 터.

천공은 그런 항마신승들을 떠올리며 다짐했다. 반드시 힘을 되찾아 그들 몫까지 다하겠노라고…….

멸마의 대업, 그 길은 아직 끝나지 않았다.

천공 자신이 살아 숨 쉬는 한.

제법 너른 객잔 내부는 손들로 북적거렸다.

일층 식당, 도합 스무 개의 탁자 중 자리가 빈 탁자는 겨우 두 개. 반면, 객실이 있는 이층은 비교적 한산했다. 물론 아직 대낮인 탓도 있었다.

일층 식당에 자리한 몇몇 사람들의 면모는 꽤나 흥미로웠다. 저마다 지방과 전국을 무대로 무명(武名)을 떨치는 강호인들이었으니까.

일층 마루 중앙에 우뚝 선 기둥을 기준으로 좌측 탁자 다섯 개는 똑같은 녹색 무복을 걸친 십여 명의 장한들이 차지하고 있었는데, 그들은 다름 아닌 녹림방 산하 안탕산 산채의 방도들이었다.

녹림방도들 가운데 유독 돋보이는 팔 척 신장의 사십 대 사내. 바로 녹림방 내 고수들 십팔웅(十八雄)의 일인이자 안탕산 산채 채주 기부도(基簿導)였다.

그는 한 자루 커다란 곡도(曲刀)를 잘 다뤄 강호에서 곡도일절(曲刀一絶)이란 별호로 불렸다.

그리고 반대편.

마루 기둥을 기준으로 우측의 한 탁자엔 호피로 만든 무복 차림의 삼십 대 거한과 호리호리한 체구에 회의를 걸친 이십 대 사내가 마주 앉아 술잔을 기울이고 있었다.

삼십 대 거한은 강서성 여강(余江)을 호령하는 낙일검당(落日劍堂)의 부당주 낙일맹호(落日猛虎) 안평(顔平)이었고, 이십 대 사내는 요 몇 년 새 활약으로 명성을 쌓아 여기저기에서 회유와 포섭의 손길이 끊이지 않는 낭인고수 질풍검사(疾風劍士) 서추(徐趨)로, 둘 다 사파 쪽 인물이었다.

그 외의 나머지는 대부분 이름 없는 문파의 하수들이거나 무공과 거리가 먼 평범한 사람들 뿐, 정파 무문의 고수는 단 한 명도 보이지 않았다.

그때, 정도무림을 대표하는 일가의 청년이 문을 열고 안으로 발을 들였다.

용비검랑 동방휘의 등장.

좌중의 눈길이 일제히 헌앙한 기도를 자랑하는 그에게로 쏠리자 떠들썩하던 내부가 갑자기 정적에 휩싸였다.

사파 고수들은 시선을 고정한 채 저마다 동공을 날카롭게 빛냈다. 현재 동방휘가 걸친 옷이 청룡동방세가 내에서 엄격한 심사를 통과한 상위 고수에게만 허락된 특별한 무복임을 잘 알고 있었기 때문이다.

낙일맹호 안평과 질풍검사 서추는 아직까지 동방휘를 만나 본 적이 없었지만, 녹림방의 기부도는 구면이었다.

'저 녀석이 왜 이곳에……?'

사실 기부도는 몇 달 전, 동방휘와 자웅을 겨룬 적이 있었다. 한데 이곳에서 동방휘를 다시 만나자 오십 초를 채우지 못하고 패했던 쓰라린 기억이 새삼 그의 머릿속을 괴롭혀 왔다.

"네가 신비괴림 어귀까진 어쩐 일이냐?"

기부도가 사나운 표정으로 묻는 찰나, 천공이 문을 열고 장내로 들어섰다.

'응……?'

너무나도 조용한 분위기에 당황한 천공이 곁의 동방휘를 바라보았다. 그러자 동방휘가 민망한 표정으로 어깨를 으쓱거렸다.

"내가 의도한 게 아니라네."

기부도는 대뜸 칼자루를 꽉 검쥐며 난폭한 기세로 자리를 박차고 일어섰다. 이에 주변에 있던 녹림방도들이 움찔 놀라 다급히 그를 만류했다.

"채주, 고정하십시오!"

하지만 기부도는 들은 척도 않고 동방휘를 향해 다그쳤다.

"여긴 어쩐 일이냐고 물었다!"

"내가 그걸 말해 줄 의무는 없는 것 같소. 혹시 나와 다시 겨루고 싶은 것이오?"

"크큭, 그렇다면?"

일순 동방휘의 눈빛이 차갑게 가라앉았다.

"본가와 전면전을 벌일 각오가 되어 있다면 어디 한 번 그 도를 뽑아 보시오."

"뭣……!"

기부도의 안색이 가볍게 흔들렸다. 설마하니 동방휘가 이토록 세게 나올 줄은 예상 못한 듯.

한편, 천마존은 신이 나 떠들었다.

[호오, 이거, 들어서자마자 한바탕 싸움이 벌이지게 생겼구먼! 천공, 네놈도 어서 준비하는 게 좋을 것이야. 어디 그 잘난 마공을 과연 어느 정도 수위까지 회복한 것인

지 구경해 보자꾸나. 크흐훗.]

천공은 얼른 동방휘의 소매를 잡아끌며 나지막한 목소리로 타일렀다.

"휘, 감정에 휩쓸리지 말고 진정하게."

천마존은 반대로 마구 부추겼다.

[동방가 애송이, 뭣 하고 있느냐? 어서 검을 뽑아 싸워라! 어서!]

물론 그 전성이 동방휘에게 들릴 리는 만무했지만.

불현듯 내력이 담긴 중후한 목소리가 객잔 내부를 쩌렁쩌렁 떨쳐 울렸다.

"갈! 내 객잔에서 소란은 용납할 수 없다!"

동시에 동방휘와 천공을 비롯한 사람들의 시선이 예의 목소리가 들린 곳으로 모아졌다.

주방 앞, 매서운 기도를 발하며 서 있는 오십 대 사내.

맹수 같은 강인한 인상에 수염을 짧게 기른 그는 한때 신검귀 구예와 더불어 하남쌍귀라 불린 일류 도객, 광도귀 백경이었다.

좌중은 서릿발 치는 안광을 접하자 숨통이 턱 막히는 기분이었다. 무공을 아예 모르는 범인들은 둘째 치고, 칼밥을 먹고 살며 지금까지 거친 인생길을 걸은 녹림방도들마저 그 엄준한 기세에 압도당해 식은땀을 주르륵 흘렸다.

천공은 그런 백경을 바라보며 내심 감탄했다.

'예전 귀검성주와 나란히 명성을 떨친 고수답게 발산되는 기도가 대단하구나. 마치 눈빛을 통해 무형의 칼날을 쏘아 보내는 듯한 느낌이다.'

잠자코 사태를 예의 주시하는 안평과 서추의 속내도 별반 다르지 않았다.

그들은 전음술을 이용해 은밀히 대화를 주고받았다.

[질풍검사, 그대가 보기엔 어떻소? 소문대로 그가 하남쌍귀인 광도귀 백경이 맞는 것 같소?]

[예, 안 부당주.]

[내 생각도 그렇다오. 그나저나 참으로 놀랍지 않소? 삼 년 전에 강호를 등지며 칼을 버렸다는 자의 기도가 저토록 출중하다니…….]

[그러게 말입니다. 무공을 쓸 수 없는 몸이 되어 무림을 떠났다는 세간의 말은 이제 보니 헛소문에 불과했군요. 역시 강호에 떠도는 풍설은 선뜻 믿을 것이 못 됩니다.]

[후훗, 아무튼 저 녹림방의 무식쟁이가 어떻게 대처할지 자못 기대되는구려.]

[호랑이는 늙어도 호랑이인 법. 상대가 광도귀임을 알고 있다면 이쯤에서 태도를 누그러뜨릴 것입니다. 뭐, 모른다고 하더라도 자신보다 더 높은 고수란 사실 정도는 직감하고 있을 테지요.]

그때, 동방휘가 먼저 백경을 향해 포권을 취하며 정중하게 사과했다.

"어르신, 죄송합니다. 저자가 먼저 덤벼들지 않는 이상 함부로 검을 뽑지 않을 것을 약속드립니다."

그 말에 천공은 속으로 안도의 한숨을 쉬었다.

백경이 씩 웃으며 고개를 끄덕거렸다.

"좋소! 기개가 마음에 드는구려. 자, 빈자리로 가 앉으시오."

반면, 천마존은 불만을 터뜨렸다.

[제길, 망할 동방가 새끼! 이 좋은 기회를…….]

천공과 동방휘는 이내 한옆 창가에 위치한 탁자로 가 착석했다.

기부도가 바닥에 침을 내깔기며 소리쳤다.

"동방휘! 전면전 운운하더니, 그런 식으로 슬그머니 발을 빼느냐?"

안평과 서추는 서로 눈빛을 교환하며 한심하다는 듯 피식 웃었다. 설마 동방휘가 겁이 나서 그러겠느냔 눈빛이었다.

백경이 다시 나서며 경고했다.

"거기까지 해라. 자꾸 그렇게 고집을 피우면…… 내 직접 손을 쓸 것이야."

나지막하지만 항거하기 힘든 무게가 실린 음성. 그러나 기부도도 여간내기가 아니었다.

"당신이 감히 녹림방 일에 끼어드는 것이오?"

백경은 더 이상 참을 수 없다는 듯 주먹을 움켰다.

"수하들이 보는 앞에서 체면을 세우고 싶은 그 마음은 이해한다마는 장소를 잘못 골랐다!"

금세 피바람이 일 듯 흉흉한 기운이 감돌자 장내 사람들은 지레 겁을 먹고 허둥지둥 객잔을 빠져나갔다.

천공이 들릴 듯 말 듯한 낮은 목소리로 말했다.

"휘, 자네가 입수한 정보에 의하면 광도귀는 평범한 아저씨가 다 됐다고 그러지 않았나? 저 모습을 보면 전혀 아닌 것 같은데……."

"뭐, 개방의 정보라고 늘 정확할 순 없는 법이지."

이윽고 객잔엔 천공과 동방휘, 안평과 서추, 기부도를 위시한 녹림방도들, 그리고 주인 백경만이 남았다.

천마존은 얼씨구나 좋다며 대소했다.

[크하하하, 크하하하하! 좋아, 좋아! 드디어 일이 제대

로 흘러가는군!]

보다 못한 천공이 대신 나섰다.

"그쯤 하십시오. 남의 가게에서 이 무슨 행패입니까?"

기부도가 목에 핏대를 세우며 고함쳤다.

"닥쳐라! 네놈이 관여할 일이 아니다!"

호홀지간 건장한 체격의 인영이 안으로 발을 들이며 힘찬 목소리를 발했다.

"그럼 내가 관여하지!"

중후한 기도를 내뿜는 젊은 거지.

다름 아닌 철장신풍개 승궁인이었다.

"승 형!"

동방휘가 크게 반색하며 자리에서 벌떡 일어났다. 이에 천공의 고개가 본능적으로 승궁인 쪽을 향했다.

'아, 저 사람이 바로 승궁인……!'

친우인 천중이 인정한 몇 안 되는 호적수를 이렇듯 직접 보게 되니 감흥이 남달랐다.

안평과 서추는 재빠르게 전음을 교환했다.

[허어, 이거 정말 놀랍군. 개방의 후개가 이곳에 나타날 줄이야.]

[예? 그렇다면 저자가 그 유명한 철장신풍개입니까?]

[맞소. 홋, 상황이 참 재미있게 돌아가고 있구려.]

승궁인은 엄중한 표정으로 기부도를 향해 꾸짖었다.

"굳이 실력을 뽐내 곡도일절이란 별호를 빛내고 싶거든 휘 아우에 앞서 나부터 상대해야 될 것이다!"

"이익……."

기부도는 차마 뭐라 반박은 못하고 붉으락푸르락한 얼굴로 이를 뿌드득 갈았다. 그러자 승궁인이 확실히 못을 박았다.

"휘 아우 뒤엔 청룡동방세가는 물론이고, 본 방도 함께한다는 사실을 명심해라."

청룡동방세가 하나도 부담스러운데 그에 개방까지 끼면 뒷감당이 힘들었다.

결국 기부도가 백기를 들었다.

"크흠……! 개방과 괜한 마찰을 일으킬 생각은 없다. 일단 오늘은 내가 참도록 하지."

백경이 돌연 껄껄 웃으며 승궁인을 칭찬했다.

"역시 개방도답게 성격이 아주 시원시원하구려. 하마터면 객잔이 엉망진창이 될 뻔했는데, 때마침 나서 주어 고맙소."

"아닙니다. 별말씀을……. 그나저나 먼 길을 쉬지 않고 온 탓에 배가 몹시 고프군요. 어서 이곳의 별미를 맛보게 해 주십시오. 하하핫."

"허허, 알았소. 조금만 기다리시오."

백경이 주방으로 든 직후, 승궁인의 뒤쪽으로 단희연과 귀견옹이 차례로 걸어 들어왔다.

기부도를 비롯한 장내 사람들의 시선이 자연스레 그 두 사람에게로 고정되었다. 특히 일부 녹림도들은 아리따운 단희연의 자태에 정신을 빼앗긴 듯 눈빛이 몽롱했다.

단희연은 대뜸 걸음을 옮겨 천공이 자리한 탁자 맞은편에 앉으며 인사를 건넸다.

"반가워요. 드디어 만났네요."

천공이 어리둥절한 표정으로 물었다.

"저를…… 아십니까?"

"알다마다요."

단희연의 짤막한 대답에 천공은 당혹감을 감추지 못했다. 그 표정을 읽은 동방휘도 덩달아 당혹스러웠다.

'응? 천공의 저 반응은 뭐지? 자신도 처음 보는 여인이란 말인가?'

단희연이 그런 동방휘를 향해 나지막한 음성을 흘렸다.

"청룡동방세가의 동방휘 공자, 맞죠? 오는 길에 승 소협을 통해 들었어요."

그러더니 승궁인을 향해 살짝 목례를 했다.

"반신반의해서 미안해요, 승 소협."

피식 웃은 승궁인이 괜찮다는 듯 손사래를 치자 단희연은 다시 동방휘를 보며 입을 뗐다.

"천 소협과 긴히 나눌 이야기가 있는데……."

한마디로 자리를 비켜 달라는 뜻.

그때, 승궁인이 뒤쪽 탁자로 가 앉으며 동방휘를 불렀다.

"휘, 일단 이쪽으로 와. 소저가 따로 볼일이 있는 듯싶으니 합석은 조금 있다가 하자고. 어차피 우리도 상의해야 할 일이 있잖아?"

"예…… 승 형."

동방휘는 떨떠름한 표정을 지으며 뒤쪽 탁자로 자리를 옮겼고, 귀견옹은 그 바로 옆쪽 탁자에 홀로 앉았다.

승궁인이 목소리를 한껏 낮춰 일렀다.

"저 깡마른 노인이 바로 귀견들의 아버지라 불리는 귀견옹이야. 그리고 방금 전 말을 건넨 미녀는 귀검성의 상위 고수인 냉옥검녀 단희연 소저이고. 일 년 전쯤부터 내 마음을 사로잡은 유일한 여인이지."

순간, 동방휘의 눈빛이 깊게 가라앉았다.

'그녀가 멸절검모를 사사한 단희연이구나. 거기에다가 귀견옹까지…….'

둘 다 얼굴은 처음 보지만 명성은 익히 들은 터였다.

"승 형, 어쩌다가 사파에 속한 저 두 사람과 동행하여 예까지 온 겁니까?"

"실은 갑자기 처리해야 할 일이 생기는 바람에 출발이 늦어졌는데, 도중 그녀를 만난 덕분에 이렇듯 제시간 맞춰 도착할 수 있었어. 마차를 얻어 타는 데 굳이 정파 사파를 따질 필요는 없잖아?"

"하지만……."

"너무 그렇게 흑백논리로 판단하진 마. 그녀의 인품은 사파의 여느 인물들과 다르니까. 아우도 알다시피 난 아무 여자나 좋아하는 남자가 아니야."

그러자 동방휘는 어제 있은 일을 소상히 가르쳐 준 다음 꺼림칙하다는 투로 속삭였다.

"천공과 친구가 된 지 겨우 하루밖에 안 됐지만 그 사람됨이 진실하단 걸 느낄 수 있었습니다. 만에 하나 저 둘이 해코지할 생각으로 온 것이라면……."

"쉿."

입단속을 시킨 승궁인이 은밀히 전음을 보냈다.

[아서, 섣부른 짐작은 금물이야. 그들 사이에 모종의 사연이 있는 것 같으니 일단 기다려 보자고. 뭔가 분위기가 험악하게 흐른다 싶으면 그때 개입해도 늦지 않아.]

한편, 단희연은 긴 흑발을 귀 뒤로 넘기며 천공의 얼굴을 유심히 살폈다.

아무렇게나 뒤로 동여맨 머리카락과 도렷도렷 빛나는 두 눈동자, 우뚝한 콧날, 선과 색이 선명한 입술. 실로 영민하고 준수해 보이는 이목구비였다.

'흠, 꽤 잘생겼네. 그림과 실물은 확실히 그 느낌이 다르구나. 좀 더 순한 인상일 거라 예상했는데…… 눈매가 의외로 강인한걸.'

천마존이 슬쩍 입맛을 다시며 중얼거렸다.

[미모가 아주 특출한 계집이군. 잘록한 허리에 골반이 큼직한 것이, 벗겨 놓으면 참으로 볼만하겠어. 밤일할 때 아주 끝내줄 것 같구먼. 크크큭. 이거, 갑자기 꼴리는데.]

색욕에 주린 듯 듣기 만망한 소리만 지껄일 뿐, 정체나 신분 따윈 관심조차 없는 그였다.

천공은 입을 다문 채 단희연의 얼굴을 주시하며 묘한 긴장감을 느꼈다.

'범상한 여인이 아니구나. 아무래도 검도에 일가를 이룬 고수인 듯싶다.'

마치 얼음을 깎아 만든 조각상을 대하는 듯한 냉랭한 기도가 전신에 배어 있다. 특유의 새침한 표정도 그에 한몫을 했으리라.

단희연은 긴 속눈썹을 몇 번 깜빡거리다가 곧 탁자 위로 초상화 한 장을 꺼내 보였다.

"에두를 것 없이 바로 말하죠. 전 귀검성의 단희연이라 해요. 성주의 명을 받고 당신을 쭉 추적해 왔어요. 무엇 때문인지는 굳이 말 안 해도 알겠죠?"

천공의 두 눈에 이는 작은 파문.

'아뿔싸, 귀검성……!'

한동안 신경을 끄고 있었는데 귀검성의 손길이 이토록 집요하리라곤 미처 생각 못했다.

[옳아, 귀검성 십대고수 중 계집이 하나 있다더니, 바로 저년이었구나.]

천마존은 몇 해 전 구예가 고서를 수집하기 위해 수하 백여 명을 이끌고 변방으로 발을 들였을 때, 그들과 조우해 싸움을 벌인 적이 있었다. 당시 그 일행 속엔 음강도 끼어 있었는데 단희연은 동행하지 않았다. 그 때문에 오늘 그녀와 마주하고도 누구인지 곧바로 알지 못했던 것이다.

[후훗, 내 손에 뒈져 버린 음강의 복수를 위해 예까지 온 것인가? 여하간 추적술에 대한 공부가 남다른 것 같군.]

천마존의 말마따나 천공 역시도 그녀가 자신의 행방을

이토록 정확히 파악해 냈다는 사실이 몹시 놀라웠다.

'아무리 대단한 추적술을 익혔다 하더라도 초상화만 가지고 탐문을 벌이며 날 찾기엔 무리가 따랐을 텐데, 어찌 이렇게 빠른 시일 내에…….'

단희연이 그 속내를 짐작한 듯 목소리를 이었다.

"귀견옹이 거느리고 있는 귀견들의 도움을 받았어요. 안 그랬으면 지금까지도 산천을 헤매고 다녔겠죠."

그 말에 천공이 옆쪽 탁자에 홀로 앉아 있는 귀견옹을 향해 힐끔 곁눈질했다.

'저 노인이…… 귀견옹인가 보군.'

귀견들의 추적 능력이 타의 추종을 불허한다는 소문은 들었지만 이 정도로 신속 정확할 줄은 몰랐다.

벌써부터 몸이 근질근질한 천마존이 보챘다.

[천공, 일이 이렇게 된 이상 싸움을 피할 수 없다. 두 연놈이 살초를 펴기 전에 먼저 손을 써라! 지금 정파 새끼들이 보는 앞에서 마공을 드러내는 것 따윈 문제가 아니야. 당장 네놈 목숨이 걸렸다고. 짐작컨대 둘의 실력은 분명 음강보다 한 수 위이다.]

그러나 천공은 냉철하게 생각했다.

'그녀는 진즉부터 내가 행한 일을 전부 파악하고 여기까지 왔다. 음강의 죽음으로 말미암아 날 처단할 생각이

었다면……' 이런 식으로 대면할 필요 없이 모종의 암수를
썼을 터.'

뭔가 다른 의중이 숨어 있는 것 같다는 직감이 들었다.
여러 명을 대동하지 않고 달랑 둘이 온 것만 보더라도.

[크흐흣, 네놈 설마 계집이 너무 예뻐서 망설이는 건
아니지? 정 마공을 쓰기 싫거든 본좌에게 맡겨라. 괜한
시간 허비하지 말고.]

천공은 한 귀로 듣고 한 귀로 흘리며 단희연을 향해 조
심스럽게 물음을 던졌다.

"단 소저, 모든 것을 솔직하게 털어놓으시는 까닭이 무
엇입니까?"

일순 단희연의 눈동자가 이채를 머금었다.

'흐음, 내 신분을 듣고도 적의나 살의를 드러내지 않고
꼬박꼬박 공대를 하네? 참을성이 많은 건지, 성품이 올곧
은 건지…….'

그래도 아직은 믿을 수 없었다. 겉과 속이 다른 인물일
가능성은 얼마든지 있으니까.

그녀는 예의 차가운 표정을 유지한 채로 말했다.

"너무 그렇게 존대를 하니 부담스럽네요. 솔직히 우린
적대 관계나 다름 아니잖아요? 그냥 편히 말해요."

당돌한 태도였지만 천공은 크게 개의치 않았다.

"알겠습니다. 원한다면 그렇게 하지요."

"시원시원해서 좋네요. 내가 굳이 대화 자리를 만든 이유는 나중에 밝히도록 하죠. 자, 숨기지 말고 말해 줘요. 음강을 포함한 본 성의 무인들을 왜 죽였나요?"

"그들이 먼저 날 죽이려 들었습니다."

천공의 그런 대답 속엔 그 일에 대해 일말의 후회도 없다는 의지가 강하게 담겨 있었다.

단희연이 자초지종을 묻자 천공은 당시 사건을 있는 그대로 가르쳐 주었다. 물론 천마존의 존재와 천중의 개입은 비밀로 한 채.

얘기를 다 듣고 난 단희연은 팔짱을 끼며 생각에 잠겼다.

'사창가로 팔릴 뻔한 여인들을 구제하는 바람에 일이 그렇게 되었구나. 후우, 난감한걸. 내가 우려하던 게 현실이 되고 말았어. 협사가 아니길 바랐는데…….'

새삼 죽은 음강이 괘씸하게 느껴졌다.

'칫! 그러게 평소에 행동거지를 조심할 것이지.'

그랬다면 애초 이런 임무를 떠안을 필요도 없었을 터.

그녀가 잠시간 아무 말이 없자 천공이 차분한 목소리로 물었다.

"소저의 임무는 무엇입니까? 날 죽이는 것입니까, 아

니면 생포하는 것입니까?"

"그전에 한 가지 묻죠. 포강현에 사는 소청이란 여아
(女兒)와 대체 어떤 관계인가요?"

소청이 언급되자 천공의 안색이 살짝 굳었다.

"그대가…… 청아를 어떻게 아시오?"

단희연은 그 미세한 표정의 변화를 놓치지 않았다.

"행적을 뒤쫓는 과정에서 우연히 만났어요. 소청을 통
해 당신이 갈응문을 멸했다는 사실을 알게 됐죠."

천공이 주먹을 불끈 쥐며 매서운 눈빛을 쏘아 보냈다.

"설마 청아로부터 정보를 얻기 내기 위해 몹쓸 짓을 한
건 아니겠지?"

대번에 바뀐 말투.

'저 격렬한 반응……. 내 예상이 맞았어. 그는 분명
소청을 각별하게 여기고 있는 거야.'

시선을 똑바로 마주한 그녀는 짐짓 냉랭한 어조로 쏘아
붙였다.

"흥, 칼로 그 작은 몸에 장난을 좀 쳤죠. 아주 기겁을
하더군요."

"네 감히……!"

천공이 벌떡 얼어나 짙은 살기를 내뿜자 천마존이 굉소
를 터뜨렸다.

[크하하하! 저 계집이 아주 제대로 불을 붙이는구나!]

동시에 귀견옹, 동방휘가 각자 날렵한 운신으로 천공과 단희연 옆에 자리해 섰다.

귀견옹이 휘파람을 불자 객잔 내부로 귀견들이 순식간에 들이닥쳐 탁자를 둥글게 포위했다. 질세라 동방휘도 칼자루로 손을 가져다 댔다.

반면, 승궁인은 선뜻 나서지 않고 품속에 슬며시 손을 넣어 뭔가를 만지더니 내력을 운용했다. 그러곤 다시 손을 빼며 속으로 중얼거렸다.

'놀랍구나! 이 물건이 반응을 보였다는 것은 곧……'

그러면서 가만히 천공에게로 시선을 고정시켰다.

그때, 단희연이 태연한 표정으로 말했다.

"다들 진정해요. 난 싸울 뜻이 없어요."

천마존이 어처구니가 없다는 듯 소리쳤다.

[뭣? 싸울 뜻이 없다니! 저 계집이 지금 미쳤나?]

천공은 여전히 사나운 기세로 단희연을 노려보았다. 그에 동방휘와 귀견옹도 서로 눈싸움을 벌이며 전신으로 은은한 살기를 피워 올렸다.

단희연이 고운 아미를 찌푸리며 귀견옹에게 명령했다.

"포위를 풀어요. 어서요."

귀견옹은 잠시간 천공과 동방휘를 째려보다가 마지못

해 귀견들을 객잔 밖으로 내보낸 후 다시 옆쪽 탁자로 가
앉았다.

동방휘도 뒤따라 칼자루를 움킨 손을 슬며시 풀었다.
하지만 만일을 대비해 자리를 뜨지 않고 곁을 지켰다.

천공은 그런 동방휘에게 고마움을 느끼며 속으로 안도
의 한숨을 내쉬었다.

'후우, 천만다행이다. 하마터면 휘가 보는 앞에서 마기
를 개방할 뻔했어.'

단희연은 이윽고 천공을 향해 희미한 미소를 보냈다.

"천 소협의 태도를 보아하니 진정으로 그 아이를 위하
고 있는 것 같네요. 미안해요. 실은 거짓말로 의중을 한
번 떠본 거예요."

"그게…… 정말이오?"

"내가 인상이 좀 차갑긴 해도 어린아이를 괴롭힐 정도
로 악독한 여자는 아니에요. 청아에겐 아무런 나쁜 짓도
하지 않았으니까 안심해도 돼요."

그제야 천공의 표정이 다소 누그러졌다.

'소청을 돕고자 갈웅문을 없앤 것이 확실하구나. 과연
보기 드문 협사야. 그에 비하면…… 본 성의 사내들 따윈
탐욕스런 돼지 무리에 불과하지.'

단희연은 그 생각과 함께 얼마 전 포강현에서 있은 일

을 차분히 설명했다.

그녀의 말이 끝나기가 무섭게 동방휘가 뜻밖이라는 듯
두 눈을 휘둥그레 떴다.

"자네 홀로…… 갈응문이란 곳을 섬멸했다고?"

"어쩌다 보니 그렇게 되었네."

천공은 어쩔 수 없이 소청과 관련한 사건을 시작으로
일련의 일을 자세히 말해 주었다. 하지만 모든 것을 사실
대로 밝힐 순 없었다.

"거의 밤새도록 싸웠지. 그나마 하류 문파였기에 가능
한 일이었어. 만약 고수들이 포진해 있는 강성 문파였다
면 난 벌써 죽었을 거야."

어느새 자연스럽게 합석한 승궁인이 그런 천공의 협행
을 칭찬하며 통성명과 짧은 인사말을 주고받았다.

승궁인은 은근슬쩍 사문을 물어보았지만 천공은 말을
아꼈다. 찰나지간 승궁인의 눈동자 위로 의심과 경계의
빛이 스쳐 지나갔다.

'역시…… 신분을 밝히는 것을 꺼려하는군. 분명 내가
모르는 뭔가가 있다!'

동방휘가 이내 두 눈을 빛내며 입을 열었다.

"단 소저, 이쯤 되니 묻지 않을 수가 없군요. 무슨 일
로 그를 찾은 것입니까?"

단희연은 잠시 생각을 하나 싶더니 되물었다.

"동방 공자는…… 천 소협과 어떤 관계죠?"

"친구입니다."

한 치의 망설임도 없는 대답.

그 말을 기다렸다는 듯 단희연이 의미심장한 표정으로 목소리를 흘렸다.

"동방 공자, 그렇다면 우리를 좀 도와줄 수 있나요?"

느닷없는 말에 동방휘가 어리둥절해했다.

"예? 그게 무슨 소립니까? 우리라니……."

"동방 공자가 적극 개입해 준다면 나와 천 소협 모두 목숨을 부지할 수 있을 거예요."

옆쪽 탁자에 앉아 잠자코 듣고 있던 귀견옹이 깜짝 놀라 황급히 전음을 보냈다.

[아니, 지금 무슨 말씀을 하시는 겁니까?]

[방금 말한 그대로예요. 나도 살고, 상대도 사는 최선의 길을 찾고 있는 중이죠.]

[예……?]

[내게 좋은 생각이 있어요. 그냥 조용히 두고 봐요. 그대에게 피해가 가는 일은 없을 테니 너무 걱정하지 말고.]

단희연은 눈짓으로 함부로 움직이지 말라는 신호를 보

내며 귀견옹을 단속시켰다. 그런 다음 동방휘와 승궁인을 번갈아 보며 허심탄회하게 천공과 얽힌 사연을 밝혔다. 이에 천공도 자신이 음강 무리와 싸울 수밖에 없던 내막을 이야기했다.

동방휘가 고개를 끄덕거리더니 팔꿈치로 천공의 옆구리를 쿡 찌르며 나지막이 중얼거렸다.

"자네, 내게 거짓말을 했군. 음강을 죽일 정도면 내공 공부가 미천한 게 절대 아니라고."

천공의 입술이 대답 대신 씩 멋쩍은 웃음을 띠었다.

한편, 승궁인은 묘한 눈빛으로 천공의 얼굴을 흘깃 보며 생각했다.

'대의명분을 지키기 위해 싸웠다고? 허, 이해할 수가 없군. 내가 예상한 인물이 아니란 말인가? 하지만 품속의 그것이 분명 반응을 보였는데…….'

그러곤 슬그머니 눈길을 돌려 객잔 내부에 자리해 있는 사람들을 차례로 살폈다.

'호피 무복을 걸친 자는 낙일검당 부당주 낙일맹호 안평이고, 그와 합석한 젊은 무인은 낙일검당 입당을 앞둔 질풍검사 서추가 분명하다. 그리고 저쪽은 얼마 전 휘 아우와 겨뤄 패배했던 기부도……. 정체가 모호한 천공을 제외하면 이 물건이 반응을 보일 만한 다른 인물은 현재

이곳에 없어.'

그때, 단희연이 결연한 표정으로 천공을 향해 말했다.

"앞서 제가 왜 모든 것을 솔직하게 털어놓는 것인지 궁금하다고 했죠? 당신이 만약 의로운 협사라면…… 본성 고수들 손에 의해 죽게끔 내버려 둘 수 없기 때문이에요. 그래서 예까지 오자마자 대화의 자리부터 가진 것이죠."

"나에 대해 파악할 시간이 필요했던 것이군요."

이제야 확실히 이해했다는 표정.

"한데 소저의 임무는 정확히 무엇이었습니까?"

"뭐, 단순해요. 천 소협의 행방을 추적해 보고하는 것이죠. 내가 소식을 전하면 그 즉시 성주와 고수들이 천 소협을 죽이기 위해 출동하기로 계획이 잡혀 있었어요. 하지만 지금 천 소협이 어떤 사람인지 알게 된 이상 차마……."

그녀가 말꼬리를 흐리자 잠자코 듣고 있던 승궁인이 대뜸 말을 받았다.

"역시 단 소저답네요. 하하핫. 휘, 내가 말했지? 그녀는 사파의 여느 질 나쁜 무리와 다르다고."

동방휘도 미소를 띠며 동의했다.

"예. 그런 것 같습니다. 참, 단 소저. 아까 내가 적극 개입을 한다면 두 사람 모두 목숨을 부지할 수 있을 거라던 말, 정확히 무슨 의미입니까?"

"난 엄연히 귀검성 소속이에요. 옳고 그름을 떠나 천소협의 행방을 보고할 수밖에 없는 처지죠. 안 그러면 내가 죽으니까요."

동방휘는 퍼뜩 감을 잡았다.

"아하! 알겠습니다. 그러니까 내가 천공과 각별한 사이임을 알리면 귀검성 쪽에서도 함부로 손을 쓰지 못할 것이다, 이 말이군요."

"맞아요. 보고서에 그 내용을 적어도 괜찮나요?"

"물론입니다."

동방휘의 호쾌한 대답에 천공이 미안스럽다는 듯 말했다.

"휘, 뜻은 고맙지만…… 자네가 곤란하지 않겠나? 난 다른 사람도 아닌 음강을 죽인 몸이네. 제아무리 동방가의 위명에 기댄다고 하더라도 귀검성주 입장에선 절대 호락호락 넘어가지 않을 거야."

"훗, 걱정하지 말게. 무엇보다 정당한 명분이 있잖아, 명분이. 그리고 솔직히 말해 음강은 죽어도 싼 악질이었어. 아차! 단 소저, 미안합니다. 그래도 귀검성 소속인데……"

"아뇨, 사과할 필요 없어요. 음강에 대해선 나도 그렇게 생각해요. 사실 음강과 같은 고수 무리가 계속 실권을 잡고 있으니 본 성이 제대로 발전하지 못하는 거예요."

너무나도 솔직한 단희연의 태도에 천공과 동방휘는 의외라는 표정을 지었다. 그러자 그녀가 가볍게 눈을 흘겼다.

"무슨 별종 보듯이 그렇게 보지 마요. 난 평소 그런 부류를 증오해 왔어요. 사파라 해서 모두가 사행을 일삼는 건 아니라고요."

이에 승궁인이 빙그레 웃으며 말했다.

"소저 같은 무인이 귀검성에 속해 있다니, 참 안타까운 일이 아닐 수 없네요."

"칫, 괜한 소리 말아요. 안 그래도 근자에 이르러 후회막심 중인데……. 어쨌든 제 임무는 끝났어요. 운 좋게도 천 소협과 동방 공자가 친구인 덕분에 잘 마무리된 듯싶어 한결 맘이 편하네요. 그나저나 모두 신비괴림 안으로들 계획이에요?"

세 사내가 똑같이 고개를 끄덕거렸다.

"뭐 때문이죠?"

단희연의 질문에 세 사내는 저마다 대답을 머뭇거렸다. 그 모습이 우스웠는지 그녀가 피식 웃음을 흘렸다.

"홋, 됐어요. 특별히 궁금하진 않아요."

그러다가 갑자기 고개를 홱 돌려 저편에 앉은 녹림방도들을 차갑게 째려보았다.

"내가 무슨 기생이에요? 그런 식으로 눈 힐금거리며 사람 몸 함부로 훑지 마요!"

귀견옹이 즉각 엄중한 표정으로 경고했다.

"냉옥검녀께 무례를 범하지 마라. 또 그랬다간 이 귀견옹이 가만히 있지 않을 것이야."

녹림방도들은 저마다 움찔하며 황급히 눈길을 거두었다.

'헉, 저 여인이 그 유명한 냉옥검녀였어?'

'어쩐지 온몸에 한기가 풀풀 날리더라니⋯⋯.'

기부도는 그런 수하들을 가볍게 꾸짖은 후, 단희연을 향해 목소리를 돋워 넌지시 물었다.

"이봐, 냉옥검녀. 명색이 귀검성 고수가 정파 것들과 무슨 할 이야기가 있나? 처음엔 서로 싸울 것처럼 굴더니 말이야."

"신경 꺼요. 녹림방엔 아무 볼일 없으니까."

단희연의 냉랭한 목소리에 기부도는 두 눈을 번뜩이더니 이내 고개를 돌리며 수하들을 향해 뭐라고 중얼거렸다. 그 직후 네 명이 슬그머니 자리를 털고 일어나 객잔 밖으로 나갔다.

동방휘가 속삭이듯 말했다.

"소저, 신경 쓰지 마세요. 원래가 시비 걸기를 좋아하는 자입니다."

"네, 알아요."

고개를 끄덕인 그녀는 곧 품에서 신비괴림 지도를 꺼내 승궁인에게 건넸다.

"난 이제 필요 없으니 도로 가져가요."

별안간 동방휘가 그 지도를 휙 낚아챘다.

"그럼 천공에게 주도록 하지요. 승 형, 괜찮지요?"

승궁인이 군말 없이 허락하자 동방휘로부터 지도를 받아 든 천공이 정중히 감사를 표했다.

천마존은 이 모든 상황이 마음에 들지 않았다.

'쳇! 성주 놈도 대가리가 멍청하군. 하필 저따위 계집을 선택해 보내다니……. 보다 강단 있는 놈을 고를 수는 없었나? 게다가 흉한 개새끼들 주인인 저 쭈그렁이는 도대체 뭐 하고 있는 거야! 계집이 가만히 있으면 제 놈이라도 적극 나서야 마땅하거늘. 이대로 그냥 놓아줄 셈인가?'

한편, 다른 쪽에 앉은 안평과 서추는 장내 분위기를 살피며 술을 마시는 척 전음으로 대화를 나눴다.

[녹림방 산적들이 뭔가 일을 꾸미는 것 같소.]

[예, 안 부당주. 저도 느꼈습니다.]

[아무튼 우리 일에 방해가 되지 않으면 좋겠는데…….]

[기부도는 그저 싸움밖에 모르는 멍청이일 뿐입니다. 보나마나 동방휘와 손속을 나눌 기회를 만들려는 속셈일 테지요. 우리에겐 관심조차 없을 것이니 너무 염려치 마십시오.]

[그나저나 광도귀의 실력이 녹슬지 않은 듯싶으니 각별히 조심할 필요가 있소.]

[제가 최선을 다해 그의 시선을 붙들어 놓을 테니, 물건을 찾는 즉시 신호만 보내 주십시오. 그럼 잽싸게 몸을 빼겠습니다.]

호랑이도 제 말 하면 나타난다고, 때마침 광도귀 백경이 주방을 나와 천공 일행의 탁자 위에 요리를 올려놓곤 다시 안으로 사라졌다.

식욕을 자극하는 냄새가 몰큰 풍기는 가운데 단희연은 별생각이 없는지 자리를 털고 일어났다.

"전 이만 가 볼게요."

승궁인이 얼른 그녀를 만류했다.

"단 소저, 잠깐만요. 휘 아우에게 그걸 한 번 보여 주도록 해요."

그것, 다름 아닌 유령검법을 뜻함이었다.

동방휘가 무슨 소리냐는 듯 눈을 동그랗게 뜨는 순간, 단희연이 도로 의자에 엉덩이를 붙이며 책 한 권을 꺼냈다. 그런 그녀의 두 눈 위로 한 가닥의 기대의 빛이 스쳤다.

승궁인이 대신 설명을 해 주자 동방휘는 호기심 어린 표정으로 유령검법의 책장을 넘겼다. 옆에 앉은 천공도 그를 따라 유령검법 운용과 관련한 복잡한 도해를 눈에 담았다.

그렇게 시간이 얼마나 지났을까.

동방휘가 문득 혀를 내두르며 말했다.

"와……! 감탄을 금치 못할 검학이군요. 저도 이렇게 어려운 검결(劍訣)은 처음 접합니다."

단희연이 다소 실망한 기색으로 물었다.

"전혀 파악할 수 없나요?"

"그건 아닙니다만, 제법 긴 시간이 필요할 것 같습니다. 솔직히 말해 혼자 힘으론 깨우치기 힘들 듯싶고, 본가의 어르신들의 도움을 받으면 적어도 수년 내에 절반의 성취는 가능할 것 같군요."

그때, 천공이 가만히 손을 내밀었다.

"소저, 미안하지만 검을 잠깐 빌릴 수 있을까요?"

"네?"

"다름이 아니라 제가 방금 깨달은 검초 부분을 보여 주고 싶어서……."

그 말에 세 사람이 동시에 깜짝 놀랐다.

단희연은 일순 묘한 흥분에 휩싸여 얼른 검을 건넸다. 그러자 천공이 자리에서 일어나 한옆으로 가 서더니 검을 곧추세웠다.

세 사람의 시선이 검에 집중된 찰나, 천공이 빠르게 손을 놀렸다.

쐐애액!

날카로운 파공음과 함께 검날이 좌에서 우로 반월의 선을 남기며 움직였다. 뒤이어 위에서 아래로 또 하나의 곡선을 그린 검날은 이내 정면으로 뻗어 나와 커다란 원을 그렸다.

쉬이잇, 쉬이이잇.

연속적으로 원을 파생시키던 검영은 점점 그 반경이 좁아지더니, 한순간 폭발하듯 크게 확 번지며 예기를 퍼뜨렸다. 마치 소용돌이가 한 점으로 모였다가 갑자기 터져 나가는 듯한, 더없이 화려한 검초였다.

그것을 본 단희연은 저도 모르게 주먹을 불끈 쥐었다.

'아! 유령선영(幽靈旋影)!'

방금 천공이 시전한 것은 자신이 얼마 전에 겨우 깨달은 유령검법 제일초, 유령선영이 분명했다.

천공은 거기서 그치지 않았다.

"하나 더 있습니다."

그는 곧 검을 눕혀 끝을 정면으로 향하게 만들더니 가슴 앞으로 살짝 끌어당겼다가 세차게 쭉 내질렀다.

슈하아악!

곧게 뻗어 나간 검날은 그 끝에 이르러 좌우로 쾌속하게 흔들리며 예리한 검영을 파생시켰다.

촤촤촤, 촤촤촤촤—!

마치 곤충의 빠른 날갯짓을 연상시키는 검초.

단희연은 속으로 경악했다.

'세상에, 저건 나도 아직 깨우치지 못한 검초야!'

동방휘도 별반 다르지 않았다.

'정말 대단하구나! 이 난해하기 짝이 없는 검결 요체를 어떻게 한 번 만에 깨달은 거지?'

그러다가 어저께 천공과 가진 초식 비무가 머릿속에 떠올랐다.

'훗, 하기야 새삼스러울 것도 없군. 그는 청룡단운검법의 요체도 단번에 파악했을 만큼 오성이 남다른 무인이니…… 게다가 검식이 가진 급변의 묘를 손수 재연까지

해 보였잖은가.'

천마존이 느낀 놀라움은 특히 컸다.

'허, 괴물 같은 놈! 난 제일초만 이해했을 뿐인데 이 땡추 새끼는 벌써 제이초까지 이해했구나. 크음, 녀석이 만약 내 제자였다면…… 아마 약관이 되기도 전에 천마신 공 오대절기는 물론이고, 최종 비기인 마광파천기마저 완 벽히 터득했을 것이야.'

부럽기도 하고 두렵기도 한 재능.

검초 시전을 끝낸 천공은 자리로 와 앉은 후 단희연에 게 검을 건네며 일렀다.

"검의 행로만 보여 줄 생각이었기에 내공은 일부러 쓰 지 않았습니다. 어떻습니까? 제가 첫 번째 검초의 골자를 제대로 이해한 게 맞습니까?"

"네. 유령선영은 제가 깨달은 것과 똑같았어요! 그리고 천 소협이 두 번째로 시전한 검초는 유령홰비(幽靈翽飛) 죠?"

"그렇습니다."

"전 제일초를 깨닫는 데까지 몇 년이 걸렸는데 천 소협 은 어떻게……."

"유령검법의 도해는 검의 운용과 기의 운용을 한데 합 쳐 놓은 것이 분명합니다. 그 때문에 검식 구결과 기식 구결의 구분이 모호하지요. 게다가 각 검초의 처음과 끝을 따로 설명하지 않고 독자로 하여금 스스로 터득하게 안배를 해 둔 탓에 그 내용이 더 어렵게 다가오는 것입니다."

단희연은 한 줄기 전율이 등골을 타고 내려가는 것을 느끼며 은근한 목소리로 물었다.

"혹시 이와 유사한 형태의 비급을 접해 본 적이 있나요?"

물론 있고말고. 과거 천공 자신이 익힌 마공서의 도해가 바로 유령검법과 유사한 방식이었으니까.

천마존 역시 그랬다. 천마신공 비급에 있는 도해도 유령검법 도해와 비슷한 부분이 많았다.

바로 그때, 승궁인이 불쑥 입을 열었다.

"천마신공. 맞습니까?"

천공은 저도 모르게 흠칫했다.

덩달아 천마존도.

'어엇? 저 거지 놈, 설마…….'

승궁인이 예리한 눈빛으로 재차 물었다.

"천마신공의 도해와 유령검법의 도해, 비슷한 부분이 있지 않습니까?"

"승 소협, 그걸 왜 제게 물으시는지……?"

시치미를 떼는 천공을 향해 승궁인이 품에서 뭔가를 꺼내 탁자 위에 올려놓았다.

천마존이 놀라 외쳤다.

[아니! 마령옥?]

10장
난장판

천공은 당혹한 눈빛으로 마령옥을 시야에 담았다. 예전 달지극이 품고 있던 마령옥은 보지 못했기에 그 실물을 접하는 건 오늘이 처음이었다.

승궁인의 안광이 한층 매섭게 변했다.

"당신, 천마존과 무슨 관계인가?"

뜻밖의 별호가 언급되자 동방휘와 단희연의 안색이 딱딱하게 굳었다. 동시에 옆쪽 탁자의 귀견옹도 깜짝 놀라 귀를 쫑긋 세웠다.

순간, 머리가 복잡해진 천공은 어떻게 응대해야 할지 갈피를 잡기 힘들었다.

'그가 어떻게 마령옥을 가지고 있지? 심지어 그 용도

마저 정확히 알고 있는 것 같다.'

천마존 또한 그 점이 의문스러웠다.

[큼, 저 비렁뱅이가 도대체 어떤 경로로 본 교의 신물을 손에 넣은 것인지 모르겠군. 개방이 육대마가와 모종의 거래를 했을 리는 만무한데.]

천공이 살짝 눈살을 찌그리며 속으로 탄식했다.

'휴우, 평탄치 않구나. 이 늙은 마귀 때문에 의도치 않은 일만 자꾸 생기니…….'

마령옥으로 인해 곤란한 상황에 놓인 것이 벌써 두 번째였다. 도대체 천마존과 전생에 무슨 업원이 얼마나 험하게 얽힌 건지, 악연도 이런 악연이 없었다.

그때, 동방휘가 어색한 웃음으로 분위기를 수습했다.

"하하…… 하……. 승 형, 뚱딴지처럼 난데없이 그 무슨 소립니까? 게다가 그 구슬은 또 뭐고……. 장난이 지나치잖아요."

승궁인이 아무런 대꾸도 않자 동방휘는 얼른 천공을 보며 괜찮다는 듯 손짓을 보냈다.

"천공, 너무 고깝게 여기지는 말게. 내 어제 말했지? 승 형은 초면이고 구면이고 간에 종종 짓궂게 굴거나 다소 험한 말을 입에 담기도 한다고. 괜히 저러는 것이니 자네가 이해……."

승궁인이 진중한 얼굴로 말꼬리를 잘랐다.

"휘, 난 지금 장난치는 것이 아니다."

동방휘와 단희연, 귀견옹은 비로소 분위기가 심상치 않음을 직감했다.

공기를 타고 번지는 싸늘한 긴장감.

멀찍이 자리한 기부도는 물론이고, 안평, 서추도 이름난 고수답게 장내에 흐르는 이상기류를 감지했다. 하지만 천공 일행의 탁자로 굳이 시선을 돌리는 사람은 없었다. 저마다 다른 꿍꿍이가 있었으므로.

승궁인은 마령옥을 살며시 감싸 쥐며 천공을 향해 나지막이 말했다.

"마령옥은 천마신공 전승자에게만 반응한다는 사실을 이미 알고 있다. 본 방의 정보력을 우습게 보지 마라."

그러곤 앞서 마령옥이 반응하지 않도록 억눌러 놓은 자신의 내력을 소멸시켰다.

우우웅.

그러자 마령옥이 기다렸다는 듯 작은 떨림을 자아냈다. 뒤이어 표면 전체에 검은 아지랑이가 피어오르더니, 그 끝머리가 천공 쪽으로 쏠리며 일렁거렸다.

그것을 본 동방휘 등은 재차 낯빛이 굳었다.

'아니!'

반면, 천공은 표정의 변화를 보이지 않은 채 현 상황을 타개할 방법을 모색했다.

'그냥 도망치는 게 가장 좋은 방법일까? 하지만……'

쉽지 않은 선택이었다.

승궁인이나 동방휘, 단희연, 그리고 귀검옹까지. 그들 모두 강호에서 한가락 하는 상위 고수가 아닌가. 이제 겨우 이성 수위를 회복한 마공을 가지고 몸을 빼기엔 무리가 있었다.

천마존이 문득 득의의 소성을 흘렸다.

[크크큭. 네놈, 이제 보니 마공 수위를 조금밖에 회복하지 못한 게로구나. 지금 실력으론 이 잡것들 손을 뿌리치기가 힘들 듯싶으니 선뜻 몸을 빼지 못하고 망설이는 것 아니냐?]

역시 노마두답게 눈치는 백단이었다.

[괜히 머리 굴리지 마라. 도망치는 게 상책이니라. 재수 좋게 신비괴림 지도도 손에 넣었겠다, 여기 더 머물 필요가 무어 있느냐? 그러니 본좌에게 몸을 맡기도록 해. 뭐, 자신 있거든 그 잘난 마공을 써서 도망쳐 보든지.]

'절대 신중하자. 도망이 능사는 아니다. 불신만 더 커질 거야.'

천공의 판단.

만약 천마존의 힘을 빌려 객잔을 벗어난다면 당장은 괜찮을지라도 차후에 더 큰 문제가 발생할 가능성이 높았다.

아니, 십중팔구였다. 다들 안목이 높은 고수라 심혼이 바뀐 즉시 천마존이 발하는 천마신공 고유의 마기를 간파하고 말 테니까.

그렇게 천마신공 전승자란 오해를 산 채로 개방, 청룡동방세가, 귀검성이 한꺼번에 엮여 들면 추후 어떻게 감당할 재간이 없었다.

승궁인은 내력을 운용해 다시금 마령옥을 조용히 잠재웠다.

"천마교가 괴멸했다는 사실을 가장 먼저 파악한 곳이 어디라고 생각하지? 다름 아닌 본 방이다."

"승 형, 그렇다면 그 마령옥이란 물건은……?"

"우리 풍개잠행대(風丐潛行隊)가 폐허가 된 천마교를 샅샅이 뒤져 가지고 나온 것이야. 육대마가 쪽 마인들이 나타나는 바람에 황급히 몸을 빼느라 몇 개 챙기진 못했지만."

천마존은 그제야 오랜 의문 하나를 풀 수 있었다.

'육대마가에 앞서 비마고로 발을 들인 것이 바로 저 거지 패거리였구나! 그렇다면 열 권의 마공 비급도…….'

아까 천마신공의 도해를 들먹이며 질문하던 것으로 보아 그 비급이 개방의 수중에 있음이 틀림없다고 생각했다.

'가만, 설마…… 그 마공 비급들을 전부 폐기한 것은 아니겠지?'

그런 걱정에 천마존은 은근히 초조해졌다.

천마신공이야 자신이 다시 써서 남기면 되지만 나머지 아홉 권의 마공서는 달리 복원할 방도가 없었다. 지난날 항마조와의 일전으로 그 전승자들이 전부 죽어 버렸으므로.

상황을 예의 주시하던 귀견옹이 턱을 어루만지며 단희연에게 전음을 보냈다.

[냉옥검녀, 아무래도 천공 저자의 진정한 신분이 의심스럽군요. 먼젓번에 제게 그리 이르셨잖습니까. 그의 손속은 마류라 칭해도 될 만큼 잔학무도했다고 말입니다.]

[네, 그랬죠.]

[철장신풍개가 말한 것으로 미루어 보면 천공은 틀림없는 마인입니다. 그것도 천마교주의 진전을 이은…….]

[섣부른 예단은 금물이에요. 아직 이해가 가지 않는 부분이 있으니까요. 그가 만약 천마신공 전승자라면 골수까지 마성이 깃든 마인일진대, 그런 인물이 불우한 아이들

을 위해 갈응문을 멸할 하등의 이유가 없잖아요?]

[흠, 그렇긴 하오나…….]

[일단 기다려 보도록 해요.]

전음을 끝낸 단희연은 아랫입술을 잘근 깨물었다.

'드디어 유령검법을 쉬이 이해하는 무인을 찾았는데, 이런 식으로 일이 꼬이다니……. 그가 정말로 천마존과 연관된 마인이라면 용비검랑과 합의해 겨우 일단락을 지은 일도 말짱 도루묵이 되고 말아.'

그때, 천공이 낯빛을 차분히 가라앉히며 입을 열었다.

"저를 천마신공 전승자라 여긴 까닭에 앞서 천마신공 도해를 언급하셨던 겁니까?"

"아니란 건가?"

승궁인이 반문하는 찰나, 단희연이 물음을 던졌다.

"승 소협, 천마신공의 도해가 유령검법의 그것과 비슷하다던 말, 정확히 무슨 의미죠?"

"직접 보았으니까요. 사실은 당시 마령옥과 함께 천마신공을 포함한 마공 비급들도 손에 넣었습니다. 도합 열 권이었지요."

"아……!"

단희연과 동방휘는 짧은 탄성을 발했고, 천마존은 분통을 터뜨렸다.

[젠장, 빌어먹을! 내 이럴 줄 알았지!]

천공이 두 눈을 반짝이며 승궁인을 보았다.

"현재 개방에서 보관 중입니까?"

승궁인의 입술이 의미심장한 미소를 그렸다.

"후, 드디어 제대로 대화할 마음이 생긴 것 같군. 왜? 되찾고 싶은 건가?"

"아니요. 기왕이면 모조리 태워 없애 주십시오."

천공의 대답에 승궁인이 되레 당황했다.

"뭣……?"

천마존이 광분해 고함쳤다.

[이 땡추 새끼! 닥치지 못해! 감히…….]

재빠르게 안색을 수습한 승궁인의 동공이 더욱 살벌한 빛을 머금었다.

"겨우 그런 말로 날 동요시킬 속셈인가?"

천공이 단호한 얼굴로 고개를 가로저었다.

"저는 천마교의 마공 비급들이 세상에 해악한 것이라 여겨 그리 말씀드린 것입니다."

대화를 듣고 있던 동방휘는 혼란스러운 듯 천공과 승궁인의 얼굴을 번갈아 살폈다.

승궁인은 흔들림 없는 태도로 천공을 거듭 추궁했다.

"현재 이곳에 있는 무인들 중 정체가 모호한 것은 오직 당신뿐. 다시 말해 마령옥이 반응을 보일 만한 인물은 그 대가 유일하다. 그래도 계속 천마존과 아무런 관련이 없 다는 양 발뺌을 할 텐가?"

그 말이 끝나기가 무섭게 단희연이 나섰다.

"냉정하게 생각할 필요가 있어요. 그는……."

"단 소저, 갈웅문 사건은 자신의 신분을 위장하기 위함 이었을 수도 있습니다."

"전 동의하지 않아요."

"마령옥이 반응한 것을 보고도 그를 두둔하는 겁니 까?"

"두둔하는 게 아니에요. 우리 모두 이성적으로 판단하 자는 뜻이죠."

동방휘가 조심스럽게 그녀를 거들었다.

"승 형, 천공이 정말로 천마신공 전승자라면 지금처럼 오해를 받는 상황에서 손을 쓰지 않고 가만히 있는 게 더 이상할 일 아닙니까? 게다가 전 어제 그와 동행하며 하룻 밤을 보냈습니다. 하나 보다시피 여기까지 오는 동안 아 무런 일도 없었지요."

그는 아직 천공에 대해 어떤 믿음을 가지고 있는 모양 이었다. 하지만 승궁인은 완고했다.

"마령옥이 정확히 반응한 이상 그가 천마존과 관계가

있음은 분명한 사실이야."

그러곤 다시 천공의 얼굴로 시선을 고정시켰다.

"천마존일 가능성은 전무할 것이고…… 혹시 그 혈육인가? 아니면 후계자?"

단희연이 미간을 좁히며 말을 보탰다.

"전 이런 상황, 딱 질색이에요. 천 소협, 속 시원히 말해 봐요. 만약 승 소협 말대로 당신이 천마신공 전승자라면 나로서도 낭패스러운 일이 아닐 수 없으니까요."

잠시간 침묵하던 천공은 싸울 의사가 없다는 표시로 두 손을 가만히 탁자 위에 올렸다.

"맹세컨대 전 천마신공을 익히지 않았습니다."

단지 천마존의 영혼이 자신의 몸 안에 들어와 있을 뿐. 물론 그 사실을 밝힐 수는 없었다.

승궁인이 곧장 말을 받았다.

"허, 어이가 없군. 그렇다면 마령옥이 보인 반응은 어떻게 설명할 텐가?"

천공은 이 상황을 정면 돌파하기로 결심했다.

'그래, 어쩔 수 없다. 내 마공을 드러내 의심을 피하는 수밖에…….'

그는 일행의 얼굴을 눈으로 쭉 훑으며 나지막한 목소리로 일렀다.

"솔직히 고하지요. 전 사실…… 마공을 익힌 몸입니다."

동방휘와 단희연의 눈동자가 가볍게 흔들렸다. 하지만 승궁인은 동요하지 않고 따져 물었다.

"마공을 익히긴 했는데 그것이 천마신공은 아니다, 그런 의미인가?"

"맞습니다."

"혹 육대마가 소속인가?"

"아닙니다."

"그럼 뭐지? 사문부터 밝혀라."

"그것은 곤란합니다. 하지만 전 천마교나 육대마가와 전혀 관계가 없습니다."

"그 말을 믿으라고?"

"증명해 보이겠습니다."

"아니, 그럴 필요 없다. 내가 직접 확인해 보면 되니까."

동시에 하단전을 세차게 돌린 승궁인.

후우욱.

미약한 풍성과 함께 누더기 같은 옷자락이 한차례 펄럭거렸다. 일신의 고강한 내공을 운용하기 시작했다는 증거였다. 이에 장내 시선이 일제히 그에게로 집중되었다.

안평이 눈을 가늘게 뜨며 중얼거렸다.

"호오, 싸우려는 건가?"

서추가 신속히 전음을 보냈다.

[안 부당주, 분위기를 보아하니 한바탕 시끄러워질 듯싶습니다. 그 틈에 우리도 움직이는 게 어떻겠습니까?]

안평은 대답 대신 고개를 끄덕거리며 허리에 걸린 칼자루를 어루만졌다.

승궁인이 사나운 기세를 토하자 동방휘와 단희연이 황급히 그를 만류했다.

"승 형, 진정해요."

"아서요. 그의 말을 좀 더 들어 봐요."

천마존이 기회다 싶어 외쳤다.

[천공, 심법을 거둬라! 당장! 전부 죽여 버려야 후환이 없을 것이야!]

전성을 무시한 천공은 차분하게 입을 열었다.

"승 소협, 고정하십시오. 보는 눈이 많은데 여기서 함부로 마기를 드러낼 순 없지 않습니까? 일단 밖으로 나가서……."

"허튼수작 부리지 마라."

그렇듯 승궁인이 계속 적대적으로 나오자 천공은 저도 모르게 화가 조금 치밀었다.

"제 말의 의도를 너무 곡해하지 마십시오!"

큰 소리에 다시 한 번 장내 사람들의 시선이 집중됐다.

승궁인은 잠깐 천공을 응시하다가 이내 그 귓가로 입을 가져다 댔다.

"내 의심을 한 겹 벗기고 싶거든 당장 이 자리에서 마기를 드러내 보여라. 난 새외 마공들의 특성을 모조리 꿰고 있다. 만약 내가 아는 범위 밖의 마공이라면…… 그 즉시 내공을 거둬들이도록 하지."

"약속하시는 겁니다."

"물론! 개방도의 명예를 걸고."

그렇게 못을 박은 승궁인이 좌중을 보며 내력을 실은 목소리를 발했다.

"미리 경고하는데, 우리 일에 절대 참견하지 마시오."

천공은 가볍게 숨을 고르더니 하단전을 통해 내공을 운용했다. 그러자 곧 그의 신형 주위로 시뻘건 기류가 부챗살처럼 퍼져 나왔다.

츠츠츠츠츠—

그 패도적인 기운 앞에 일행은 본능적으로 흠칫 상체를 젖혔다.

승궁인의 눈동자가 한껏 커졌다.

'처, 천마신공이 아니잖아?'

천마신공 전승자일 것이라 확신하고 있었는데 예상이 보기 좋게 빗나가 버렸다. 심지어 자신이 알고 있는 범주의 마공도 아니었다.

천공이 내뿜은 마기에 다른 자리의 사파 고수들도 저마다 움찔 놀라 신형을 벌떡 일으켰다.

바로 그 순간.

와지끈―!

이층 객방의 문이 무참히 부서짐과 동시에 한 인영이 일층 마루로 뚝 떨어져 내리며 고함쳤다.

"악한 마귀가 이곳에 있구나!"

천공, 승궁인 등을 포함한 모든 사람의 이목이 불쑥 등장한 인영 쪽으로 이끌렸다.

육 척 신장에 돌덩이처럼 다부진 체구. 그런 몸을 감싸고 있는 것은 다름 아닌 검은 법의와 푸른 가사였다.

천공의 동공이 이채를 발했다.

'아니! 불자?'

인영의 정체는 오십 대 승려였던 것.

왼손엔 염주를 쥐었고, 오른손엔 무구인 금색 금강저(金剛杵)를 움켰다.

범승이 아니었다.

분명 무공을 익힌 무승이었다.

천공은 그 승려가 누구인지 알지 못했다. 난생처음 보는 얼굴이거니와, 몸에 두른 승복(僧服)도 소림사 것이 아니었으니까.

서기가 감도는 봉안(鳳眼)에 수염을 배 밑까지 길게 늘어뜨린 승려의 외형은 마치 고대 촉한(蜀漢)의 무신 관운장(關雲長)을 연상케 했다.

별안간 천마존이 짧게 외쳤다.

[필시 심상치 않은 놈이다!]

그 외침이 끝나기가 무섭게 승려가 다짜고짜 우수를 쭉 뻗었다.

후우우욱―!

금강저를 통해 발출된 육중한 경력이 거리를 격해 천공 일행이 자리한 곳으로 맹렬히 쇄도했다.

꽈아앙, 우지지직―!

커다란 탁자가 산산조각이 나 공중으로 튀는 찰나, 천공 등은 재빨리 그 뒤쪽 공간으로 옮겨 섰다.

마기를 갈무리한 천공이 황급히 외쳤다.

"진정하십시오! 아마도 저 때문에 그러시는 듯한데……."

"죽어라, 마귀!"

봉안을 번뜩인 승려는 세차게 발을 굴렸다.

꽈직!

마룻바닥이 둥글게 움푹 꺼짐과 동시에 거리를 압축해 든 그가 금강저를 내치듯 휘둘렀다.

쩌어엉―!

귀를 찢는 듯한 금속성.

어느새 천공 앞으로 운신한 동방휘의 검이 금강저를 가로막은 소리였다. 뒤이어 단희연이 우수를 놀려 날카로운 검풍을 쏘아 보냈다.

슈하악!

승려는 즉각 표홀한 신법으로 검풍을 피해 삼 보 뒤로 운신하며 핏대를 세웠다.

"옳아, 마귀를 엄호하는 졸개들이로구나!"

검극을 정면으로 겨눈 단희연이 눈을 째리며 뾰족한 음성을 토했다.

"함부로 지껄이지 마요! 당신은 누구죠?"

질세라 동방휘도 검날을 기울이며 꾸짖었다.

"이 무슨 무례한 짓이오!"

그 순간, 주방을 박차고 나온 백경이 진노한 얼굴로 대갈을 토했다.

"내 객잔에서 소란은 용납할 수 없다고 했거늘!"

그런 그의 손엔 서늘한 예기를 머금은 한 자루 직도(直

刀)가 들려 있었다.

천공이 얼른 곁의 승궁인을 보며 일렀다.

"어서 밖으로 나가는 게 좋겠습니다."

"당신, 정말 천마신공 전승자가 아닌가? 그럼 마령옥이 왜 반응을 한 거지?"

천공은 짐짓 모르는 체 고개를 가로저었다.

"글쎄요."

"……"

"승 소협, 제발 믿어 주실 수 없습니까? 제 비록 마공을 익힌 몸이나 이제껏 불의한 짓은 단 한 번도 저지르지 않았습니다."

승궁인은 문뜩 검을 쥐고 선 단희연을 응시했다.

왠지 닮았다.

천공과 단희연…….

사파 무문에 적을 두었다고 해서 그 인품까지 사도를 지향하는 것은 아니었다. 그 사실을 증명하는 존재가 바로 단희연이잖은가. 즉, 천공도 그녀와 같은 기질의 인물일지 모른다는 생각이 들었다.

'단 소저와 마찬가지로 무공만 마류일 뿐이란 건가.'

그는 다시 시선을 옮겨 동방휘를 보았다.

'사람을 사귐에 있어 신중한 휘가 하루 사이에 그를 친

구로 삼았다. 그렇다면……'

일단 믿어 보자.

승궁인은 의심을 잠시 접어 두기로 결정했다.

"천 소협, 결례를 용서해 주시오."

비로소 천공이 만면에 환한 미소를 그렸다.

"아! 믿어 주시는 겁니까? 고맙습니다."

그 표정을 접한 승궁인은 저도 모르게 실소가 나왔다.

'허, 참으로 맑은 눈빛이구나. 그래, 마심이 깃든 자는 결코 저런 눈빛을 가질 수 없으리라.'

그때, 백경이 마루 중앙으로 저벅저벅 걸어 나와 좌중을 향해 엄중한 목소리를 발했다.

"다들…… 마지막 경고다! 나가서 싸워라."

그 말과 동시에 내공을 운용하자 손에 쥐인 직도가 웅웅웅! 세찬 울음을 터뜨렸다.

칼날을 타고 흘러나오는 짙은 살기.

그것은 곧 자신의 마지막 경고를 무시하는 순간 살초를 전개하리라는 뜻을 대변함이었다.

안평과 서추는 그런 백경을 힐금 보며 슬그머니 칼자루에 손을 얹었다.

[안 부당주, 때가 임박한 것 같습니다.]

[음, 준비하시오.]

[한데…… 저쪽에 있는 사내가 마음에 걸립니다.]

그러자 안평이 눈길이 잠시간 천공에게로 머물렀다.

[그는 분명 마기를 지니고 있었습니다.]

[이곳으로 오기 전 육대마가의 전령을 다시 만나 보았
지만 따로 사람을 보낼 거란 말은 없었소. 그러니 육대마
가 내의 마인은 아닐 것이오.]

[정체가 뭘까요?]

[그걸 어찌 알겠소? 자, 자! 그만 신경 끄구려. 우린
의뢰를 받은 대로 백경이 가지고 있는 고서만 훔쳐 도망
치면 될 일이오.]

[알겠습니다. 그나저나 두둑한 의뢰비는 둘째 치고, 그
들이 대가로 약속한 영약이 과연 어떤 것인지 몹시 궁금
합니다.]

[후후후. 나도 마찬가지라오.]

별안간 장내 공기가 한없이 무거워졌다.

무형지기.

다름 아닌 승려가 발한 기운이었다.

막강한 내공을 이끌어 낸 탓에 법의와 가사가 부풀 듯
펄럭거리고 있었다.

드드드드드.

객잔 내부의 모든 집기와 천장, 벽이 가볍게 진동하며

그 위력을 경고했다.

천마존이 조금 놀랍다는 투로 중얼거렸다.

[저 중놈, 여간이 아닌 듯한데?]

천공은 숨이 턱 막히는 느낌에 즉각 마공을 운용했다. 그러자 그의 신형 위로 예의 어두운 핏빛 마기가 가닥가닥 피어올랐다.

승궁인, 동방휘 등도 일제히 내공을 끌어 올려 그 무형지기에 대항했다.

각 고수들이 발산한 내력이 한 공간 아래 뒤엉키자 주변 사물이 마구 이지러져 보였다.

내공 공부가 부족한 녹림방도들은 어깨를 짓누르는 압력을 견디지 못하고 나지막이 신음을 흘렸다. 개중엔 가까스로 버티는 자도 있었지만 그렇지 않은 자가 더 많았다.

'큭! 이런 못난 것들…….'

표정을 일그러뜨린 기부도가 벌떡 일어나 애병인 곡도를 뽑아 들고 으름장을 놓았다.

"어이, 땡추! 어디서 내공 자랑이야!"

승려는 들은 척도 않고 재차 천공을 향해 돌진해 들었다. 하지만 백경이 가만히 있지 않았다.

"네 기어이!"

일갈한 백경이 곧바로 그 승려를 노려 직도를 횡으로
그었다.

슈카아악!

날카로운 파공음과 함께 발출된 도기.

승려는 돌진을 멈춤과 동시에 신형을 선회하며 금강저
를 강하게 내려찍었다.

파하앙—!

가슴팍으로 쇄도한 도기가 커다란 파문을 퍼뜨리며 단
숨에 소멸했다.

찰나지간 서추가 바닥을 차고 도약해 탁자를 밟은 다
음, 날렵한 경공술로 전진해 들었다.

목표는 당연히 백경.

순식간에 간극을 좁힌 서추는 그대로 검을 빠르게 휘둘
렀다.

쐐애액!

좌에서 우로 긴 곡선을 그리는 칼날.

질풍검사란 별호에 걸맞게 쾌속한 검식이었다.

백경이 목을 급격히 뒤로 꺾자 검날이 그 콧등을 아슬
아슬 비끼듯 지나쳤다. 그런 두 무인 사이로 승려가 절묘
하게 비집고 들며 두 팔을 좌우로 뻗었다.

푸욱! 쩌어엉!

금강저에 좌측 옆구리를 찔린 서추는 짧은 신음을 토하며 그 자리에 주저앉았고, 직도를 들어 장법을 방어한 백경은 그 힘에 밀려 대여섯 걸음을 후퇴했다.

가까이에 있던 기부도의 두 눈이 한껏 커졌다.

'대단한 움직임이다!'

승려는 곧장 법복을 펄러덕거리며 천공을 노리고 들었고, 안평은 그 틈을 타 주방으로 향했다.

천공이 그를 상대하려는 순간, 승궁인이 먼저 우수를 놀려 일장을 내질렀다.

후우우웅―!

육중한 공력을 싣고 나아가는 송곳 같은 장세.

개방의 절예, 파옥신장(破玉神掌)이었다.

승려는 피하지 않고 자신의 정면으로 육박한 파옥신장에 맞서 금강저를 힘차게 찔러 넣었다.

꽈아앙!

요란한 소리와 함께 투명한 기파가 사방으로 터져 나가며 주변 탁자와 의자를 사정없이 뒤집어 부쉈다.

승궁인은 내심 승려의 심후한 공력에 감탄했다.

'파옥신장을 정면으로 받아 내다니……!'

바로 그때, 승려의 등 뒤로 백경이 접근해 직도를 수직으로 내리그었다.

쐐애애액!

승려는 눈 깜짝할 사이에 몸을 돌려세우며 금강저를 번쩍 치켜들었다. 실로 놀라운 반응속도였다.

쩌정—!

직도와 금강저가 부딪친 사이에서 큰 불똥이 튀고…….

"큭!"

백경은 인상을 찌푸리며 어금니를 앙다물었다. 손목을 강하게 휘감고 든 저릿한 통증 때문이었다. 그 충격이 뼛속까지 스미는 듯했다.

'놈! 내 반드시 가게를 엉망진창으로 만든 대가를 치르게 하리라!'

자존심이 상한 그는 내공을 극성으로 이끌어 내 칼을 휘둘렀다.

어느덧 신형을 추스른 서추도 다시 싸움판에 합류했다.

쩌—정! 챙! 채앵! 촤아앙—!

세 무인이 사납게 어우러진 사이, 문 쪽으로 운신한 승궁인이 손짓을 보냈다.

"어서 밖으로."

천공, 단희연 등은 서둘러 객잔 앞의 널따란 공터로 나왔다. 그런데 뜻밖의 광경이 그들 시야에 들어와 박혔다.

"비아(飛兒)!"

동방휘가 경악성을 발했다.

공터 한옆에 너부러진 백마의 시체. 머리, 다리가 처참히 잘려 나간 그 백마는 다름 아닌 동방휘 자신이 타고 온 백마였다.

그로부터 조금 떨어진 곳에 녹림방도 넷이 히죽거리며 피 묻은 칼을 어루만지고 있었다. 앞서 기부도에게 모종의 명을 받고 슬그머니 자리를 털고 사라졌던 이들이다.

녹림방도 한 명이 목소리를 돋워 이기죽댔다.

"지나가는데 말이 갑자기 미쳐 날뛰며 발길질을 하는 바람에 어쩔 수 없이 죽이고 말았다오. 낄낄낄, 그러게 고삐를 잘 묶어 두지그랬소?"

호홀지간 기부도를 위시한 녹림방도들이 밖으로 우르르 몰려 나와 병풍처럼 펼쳐 섰다.

동방휘의 얼굴에 핏대가 솟아올랐다.

"네가 시켰나!"

그러자 기부도가 입꼬리를 올리며 웃었다.

"후훗, 드디어 싸울 마음이 좀 생긴 모양이군."

단희연은 한심하다는 표정으로 혀를 찼다.

'참 저열하기 짝이 없군.'

그녀는 이내 천공을 향해 전음을 보냈다.

[천 소협, 나중에 나랑 따로 이야기를 나눌 수 있어요?]

아마도 유령검법 때문이리라.

천공은 눈짓으로 대답을 대신했다. 그에 단희연도 살짝 고개를 끄덕거렸다.

승궁인이 앞으로 나서며 주먹을 꽉 쥐었다.

"아까 분명히 말했을 텐데. 휘 아우 뒤엔 청룡동방세는 물론이고, 본 방도 함께한다고!"

기부도가 재미있다는 듯 대소했다.

"으하하하! 이봐, 철장신풍개. 여기선 나서지 말고 뒤로 빠져 주는 게 동방휘를 돕는 거야. 명색이 개방 후개가 마도 무리와 어울린다는 오해를 받기 싫다면 말이지. 설마 그런 소문이 떠도는 걸 원하나? 내가 소문 퍼뜨리는 건 잘하는데."

"네 감히……."

"난 그냥 동방휘 저 녀석과 일대일 승부를 내고 싶을 뿐이다. 그러니 괜히 일 복잡하게 만들지 마라."

바로 그때, 굉음이 울리며 객잔 지붕이 한차례 요란스레 들썩이더니 한 인영이 벽면을 부수고 밖으로 세게 튕겨져 나와 너부러졌다.

질풍검사 서추였다.

"끄으으……."

큰 내상을 입은 듯 입가로 선혈을 흘리던 그는 곧 흙바닥에 얼굴을 박으며 숨이 끊기고 말았다.

뒤이어 예의 뚫린 공간을 통해 승려가 빛살처럼 운신해 나오더니 천공 일행과 기부도 일행이 대치한 사이에 우뚝 섰다.

기부도가 대뜸 인상을 구겼다.

"젠장! 네놈은 뭔데 자꾸……."

말을 다 끝맺지 못하고 쾅! 소리와 함께 저 멀리 있는 고목을 들이받고 쓰러지는 신형.

승려가 뿌린 쾌속한 일격에 당한 것이다.

육안의 쫓음을 불허하는 엄청난 손속에 녹림방도들은 아연실색해 슬금슬금 뒷걸음질 쳤다.

"마귀 편에 선 것들, 전부 없애리라!"

승려가 내공을 폭사하자 때 아닌 돌풍과 함께 반경 오 장의 지면이 진동하기 시작했다.

드드드드드—!

이내 그 거력(巨力)을 견디지 못한 땅거죽이 마구 들고 일어나며 먼지구름을 일으켰다.

귀견옹이 다급히 전음을 보냈다.

[이쯤에서 뒤로 빠지는 게 좋을 듯싶습니다! 짐작컨대 저 승려의 무위는…… 최소한 철장신풍개 이상입니다!]

하지만 단희연은 고개를 가로저었다.

[아뇨, 그럴 수 없어요. 난 아직 천 소협에게 볼일이 남았어요.]

그때, 동방휘가 땅을 박차고 승려의 정면을 향해 검극을 세차게 내질렀다.

가슴 중앙을 노린 직선의 검기. 일신의 공력과 더불어 가보 청룡강검을 통해 강화된 육중한 검기였다.

금강저를 쥔 승려의 우수가 똑같이 정면으로 직선을 그었다.

퍼어어엉!

파공성이 터지며 동방휘의 신형이 드센 반탄지력에 의해 일 장 뒤로 주르륵 미끄러졌다.

"휘!"

승궁인이 외침과 동시에 상승 신법을 전개했다.

선풍신법(旋風身法).

작은 회오리를 일으키며 승려의 좌측으로 바짝 접근한 그는 거대한 경력을 실은 우권을 힘껏 뻗었다.

신법과 연계한 절예, 파옥신권(破玉神拳)이었다.

신형을 살짝 비튼 승려도 즉시 좌권으로 맞섰다.

꽈우웅—!

두 권경(拳勁)이 충돌하며 파생된 기의 잔해가 주변 공간을 화려히 수놓았다.

승궁인과 승려의 상체가 뒤로 크게 휘어졌다. 그러다가 몸의 중심을 잡지 못한 승궁인이 발로 바닥을 끌며 십 보 뒤로 후퇴했다. 공력에서 밀린 것이다.

그 모습을 본 천마존이 전성을 발했다.

[천공, 심법을 거둬라! 본좌가 아니면 감당하기 힘든 상대이니라! 자칫하면 저 정체 모를 땡추 손에 뒈지는 수가 있어!]

천공의 생각도 별반 다르지 않았다.

'하지만 겨우 오해를 풀었는데……'

그때, 승려가 무시무시한 속도로 자신의 앞으로 육박해 들었다.

선택의 여지가 없는 상황이었다.

천공이 심법을 거두어들이기가 무섭게 육신을 차지한 천마존이 천마신공을 운용했다. 그러자 시커먼 마신의 형상이 머리 위로 떠올랐다.

일순 승궁인의 두 눈이 경악으로 휘둥그레졌다.

'앗! 천마신공……!'

천마존은 공기를 가르며 가슴팍을 노리고 드는 금강저에 맞서 우권을 내뻗었다.

먹빛을 띤 묵직한 권경.

쿠아앙—!

금색 금강저와 흑색 권경이 격돌하자 기의 파장이 둥글게 퍼져 나가며 일대 공간을 진동시켰다.

　승려는 대여섯 걸음 뒤로 신형을 물린 후 금강저를 고쳐 쥐었다.

　'으음! 저 마귀, 보통이 아니구나!'

　천마존 역시 삼사 보 뒤로 밀린 상태였다. 그는 낯선 승려의 무위에 내심 감탄을 금치 못했다.

　'큼, 본좌를 뒷걸음질 치게 만들어?'

　교체가 너무 급박하게 이뤄지는 바람에 공력을 제대로 싣지 못했다지만 결코 가벼이 받아넘길 수 있는 일격이 아니었는데.

　천공 또한 속으로 경탄해 마지않았다.

　'대단한 고수다! 천마존의 강맹한 손속을 견디다니…….'

　승려가 다시 두 다리를 놀려 전진했다.

　타다다닷—!

　흐릿한 잔상을 남기는 쾌속한 보법.

　'빠르다!'

　천마존은 즉각 내공을 한 단계 위로 끌어 올렸다.

　순식간에 거리를 압축한 승려가 육중한 내력을 실은 금강저를 위에서 아래로 찍어 누른 찰나, 천마존도 좌권을 힘껏 쳐올렸다.

꽈우웅—!

큰 소리와 함께 지면이 흔들리며 거미줄을 그리는 가운데, 승궁인이 표홀한 운신으로 천마존의 우측 몸통을 노리고 들었다.

소맷자락을 펄럭이며 곧게 내뻗치는 쌍수(雙手).

파밧, 파바밧!

오른손엔 파옥신권, 왼손엔 파옥신장.

두 가지 절예를 한꺼번에 토하는 승궁인이었다.

천마존은 즉시 신형을 선회해 우수를 횡으로 휘둘렀다. 그 궤적을 따라 발출된 곡선의 마기가 부챗살이 펴지듯 넓게 퍼져 나갔다.

오 할 공력의 천마흑선기(天魔黑扇氣).

콰앙, 콰아앙!

대기를 뒤흔드는 굉음이 터지며 서로의 경력이 상쇄되어 흩어지고……

"놈!"

천마존이 대갈일성과 동시에 전신으로 마기를 폭사시켰다.

파파파파파—!

검은 기류가 그 신형을 감싸듯 돌풍을 일으키자 그 풍

압에 밀린 승려와 승궁인이 지면을 타고 미끄러지듯 후퇴
했다.

"음……!"

승궁인은 눈살을 찌푸렸다. 한껏 내공을 발해 전신을
보호했음에도 불구하고 체내로 스미는 답답한 충격을 느
꼈기 때문. 그래도 내로라하는 개방 후개답게 내상은 피
했다.

동방휘가 재빨리 승궁인 옆으로 운신해 섰다.

"승 형! 괜찮습니까?"

고개를 끄덕인 승궁인이 두 눈을 매섭게 빛냈다.

"내 판단이 틀리지 않았다. 그는 천마신공 전승자야!"

"하지만……."

"아까 똑똑히 봤지? 천마신공 고유의 발현 마기
를……. 새외 마공들 중 마신의 형상을 만들어 내는 것은
천마신공이 유일해."

"그렇다면 그가 앞서 선보였던 붉은 마기는 대체 뭡니
까?"

"나도 알 수 없다."

"천마신공 전승자라 치더라도 한 몸에 두 가지 마공을
지니는 것이 가능한 일입니까?"

"상식적으론 불가능하지."

동방휘는 무거운 한숨을 흘리며 천공을 바라보았다.

'천공, 널 믿었는데…… 진정 천마존의 후인이란 말인가?'

그때, 저편에 쓰러져 있던 기부도가 입가의 피를 닦으며 신형을 일으켜 세웠다.

'크윽! 정말 꼴이 말이 아니구나. 고작 일격을 받고 내상을 입다니…….'

그는 기혈이 뜨끔거렸지만 이를 윽물고 승려를 향해 사납게 돌진했다. 구겨진 체면을 회복하리라는 의지가 짙은 살기로 화해 칼날에 실렸다.

그때.

와그작!

광도귀 백경이 문을 부수고 객잔 밖으로 뛰쳐나왔다. 그 역시 아까 객잔 내부에서 이뤄진 난전을 통해 약간의 내상을 입은 듯 낯빛이 좋지 않았다.

"놈! 이대로 쉬이 보낼 줄 아느냐!"

고함친 백경이 흉맹한 기세를 토하며 승려를 똑바로 노리고 들었다.

그렇게 세 무인이 한데 어지러이 얽혀 싸우는 사이, 승궁인과 동방휘는 즉각 천마존 쪽으로 운신해 일 장 간격을 두고 멈춰 섰다.

승궁인이 내공을 운용하며 빠르게 속삭였다.

"그는 천마존의 진전을 이은 고수다. 섣부른 접근은 금물이야."

말없이 눈짓으로 화답한 동방휘는 청룡강검을 기울여 쥐며 진기를 주입했다. 그러자 검신이 가볍게 떨리며 잔잔한 검명을 울렸다.

천공이 황급히 전성을 보냈다.

[그들과 싸우면 안 돼! 어서 마기를 갈무리해라!]

"크큭, 개소리 마라."

싹 무시한 천마존은 하단전을 더욱 빠르게 돌려 칠성 수위에 도달한 마공의 힘을 최대로 이끌어 내려 했다.

[괘씸한……! 그럼 나도 어쩔 수 없지!]

천공은 외침과 동시에 혜가선도심법을 발동해 천마존의 영혼을 도로 가둬 버렸다. 그러자 언제 그랬냐는 듯 전신을 감싸고 흐르던 검은 마기가 싹 걷혔다.

천마존이 이를 갈며 분통을 터뜨렸다.

[이 땡추 새끼! 지금 뭐 하는 짓이냐?]

승궁인과 동방휘는 그 갑작스런 변화에 당황했다.

같은 사람이 맞나 싶을 정도로 판이하게 바뀌어 버린 눈빛과 표정. 방금 전 승려와 손속을 주고받을 때의 압도적인 기도는 온데간데없었다.

천공이 얼른 입을 열었다.

"승 소협, 이렇게 된 이상 모든 것을 밝힐 테니 일단 자리를 옮기도록 하지요. 휘, 제발 날 믿어 주게."

승궁인은 두 주먹을 꽉 쥐며 다그쳤다.

"아까 뭐라고 했지? 맹세컨대 천마신공을 익히지 않았다고, 분명 그렇게 말했다! 한데 이제 와서 실체가 드러나니 다시 우리더러 믿어 달라고?"

반면, 동방휘는 아직까지 어떤 믿음의 끈을 놓지 않은 듯한 표정이었다.

'지금 그의 눈빛은 더없이 진실하고 또 간절하다. 확연히 느낄 수 있어.'

승궁인이 그런 동방휘의 심중을 읽고 주의를 주었다.

"휘! 나도 앞서 그의 맑은 눈빛에 마음이 흔들렸다."

한편, 조금 떨어진 곳에 자리한 단희연은 의미심장한 표정으로 천공을 주시했다.

'순식간에 기도가 변해 버렸어. 게다가 싸울 뜻이 없다는 듯 마기조차 운용하지 않고 있고…… 도대체 뭐지?'

귀견웅이 혼란스러워하는 그녀를 향해 말했다.

"냉옥검녀, 망설이실 때가 아닙니다. 괜한 싸움에 엮이지 말고 얼른 이곳을 벗어나……."

"아뇨. 좀 더 두고 볼 필요가 있어요."

단희연이 단칼에 거절하자 귀견옹의 눈동자 위로 일순 간 날카로운 기광이 스쳐 지나갔다.

'큼! 이년이 오냐오냐하니까 아주…….'

하지만 천공에게 신경이 쏠린 단희연은 그 눈빛을 미처 보지 못했다.

바로 그때, 저편으로부터 한 줄기 신음성이 터져 나왔 다.

"크으윽!"

거구를 휘청대며 뒷걸음질 치는 기부도의 모습. 그는 이내 바닥에 한쪽 무릎을 쿡! 처박았다.

승려와 백경, 그 초절한 고수들 사이에서 분전하다가 결국 강맹한 일격을 받고 나가떨어진 것이다.

화들짝 놀란 녹림방도들이 기부도 곁으로 우르르 몰려 가 그를 부축하려 했다. 하지만 기부도는 신경질적으로 수하들 손길을 뿌리치며 곧 몸을 일으켜 세웠다.

'개…… 옛 같은……!'

무복의 가슴팍을 꽉 움킨 꼴로 보아 내상이 더 악화된 모양이었다.

"채주, 그만 떠나는 게 좋을 듯싶습니다."

수하의 말을 들은 기부도는 오히려 오기가 치밀었다.

"닥쳐라!"

기실 그의 원래 목적은 안탕산 일대의 상권 확장을 위해 백경이 운영하는 객잔을 접수하는 것이었다. 그런데 동방휘가 이곳에 나타난 것을 기점으로 일이 꼬이고 꼬여이 지경에 이르렀다.

사실 누굴 탓할 일이 아니었다. 자신보다 강한 상대란 것을 직감하고도 괜히 객기를 부려 화를 자처했으니까.

'치익! 날을 잘못 잡았구나. 광도귀는 둘째 치고, 저 중놈을 도저히 감당할 수가 없다. 이럴 줄 알았으면 산채 전력을 더 이끌고 올 것을……'

때늦은 후회와 함께 기부도의 관자놀이로 시퍼런 핏줄이 불거졌다.

"객잔은 나중에 접수하기로 하고 일단 동방휘와 결판을 내리라!"

녹림방도들이 극구 만류했지만, 그는 막무가내였다.

포악하고 무식한 독불장군. 제 내키는 대로 하지 않으면 병이 나는 부류. 그것이 바로 기부도란 작자였다.

"동방휘! 뭣 하느냐? 네 상대는 나다!"

땅을 박찬 기부도가 보법을 밟으며 동방휘를 향해 맹렬히 돌진해 들었다.

그 순간.

츠츠츠츠츳.

핏빛 마기를 피워 올린 천공의 신형이 팍! 소리와 함께 붉은 그림자를 파생시키며 기부도에게로 쇄도했다.

그야말로 창졸간에 이뤄진 운신.

천공은 간극을 좁히기가 무섭게 우권을 내질렀다.

파아아아아―!

주먹 형상을 한 붉은 기류가 나선을 그리며 쾌속히 나아갔다.

기부도는 털끝이 오싹 일어나는 느낌에 곡도를 힘차게 그어 내렸다.

퍼어엉!

큰 파공성에 이어…….

"윽!"

신음을 흘린 기부도의 거대한 몸집이 오륙 보 뒤로 세게 튕겨 나갔다.

처음으로 그 묘용을 드러낸 천공의 마공.

동방휘와 승궁인은 저도 모르게 소름이 돋았다. 방금 천공이 발출한 권경으로부터 더없이 음침한 기운을 느꼈기 때문이다.

가까스로 몸의 균형을 되찾은 기부도가 어금니를 앙다물었다. 반응이 조금만 늦었다면 낭패를 당하고 말았을 것이다.

현재 천공의 마공 수위는 이성. 아직까진 녹림십팔웅 반열의 기부도와 대적하기엔 부족한 공능이었다.

하나 기부도가 적지 않은 내상을 입은 상태였기에 그 칼질이 제대로 위력을 발휘하지 못하리라 여겼고, 과연 그 예상은 적중했다.

"마도 놈, 네가 나설 자리가 아니거늘! 다들 뭐 하고 있어? 저놈부터 족쳐!"

고함친 기부도가 사납게 신형을 날리자 녹림방도들도 일제히 병기를 빼 들고 천공을 노리며 내달렸다.

[널 믿어 주지 않으니 행동으로 진심을 증명하겠단 거냐? 크흐훗, 우습구나! 저놈들이 과연 널 위해 나서 줄까?]

천마존이 그렇게 비웃었지만 천공은 개의치 않고 내공을 극성으로 이끌어 내 정면으로 맞섰다.

서로 치고, 후리고, 베고, 피하기를 여러 차례.

그러던 어느 순간, 기부도의 곡도가 내뿜은 예리한 도기가 천공의 왼쪽 어깨에 가느다란 혈흔을 새겨 넣었다.

그 광경을 본 동방휘는 결국 천공을 돕기로 결심했다.

"승 형! 천마신공 전승자이든 뭐든, 그는 절대 악인이 아닙니다! 명분은 그것으로 충분해요!"

경공술을 펼친 그는 곧바로 천공 곁으로 가 청룡강검을

휘둘렀다.

승궁인은 잠시간 생각에 잠겼다.

'확실히 이상한 구석이 있긴 하다. 지금 그가 구사하는 마공은 천마신공에 비해 위력이 약해. 저쪽에 있는 승려를 상대했을 때와는 완전히 딴판이잖은가. 아니, 그전에 이곳을 벗어나고자 마음먹었다면 능히 내뺄 수 있었을 텐데, 왜 굳이…….'

깊은 사연이 숨겨져 있음이 틀림없었다.

승궁인은 그것이 뭔지 알고 싶었다.

별안간 앞서 천공의 눈빛과 목소리가 머릿속에 떠올랐다.

"승 소협, 이렇게 된 이상 모든 것을 밝힐 테니 일단 자리를 옮기도록 하지요."

'속는 셈 치고 한 번 더 믿어 보자.'

그렇게 생각을 굳힌 승궁인은 즉각 선풍신법을 전개해 동방휘를 뒤따랐다.

한옆에 자리해 그들의 모습을 지켜보던 단희연도 마음이 동했다.

"저 두 사람, 아무래도 천 소협을 믿기로 한 모양이에요. 그럼 나도 가만히 있을 수 없죠."

별안간 뒤쪽에 선 귀견옹이 우수를 놀려 장력을 쏘았다.

파항—!

등을 두드려 맞은 단희연의 교구가 크게 휘청거렸다.

"으흑!"

부지불식간에 이뤄진 기습.

귀견옹의 손에서 재차 장력이 터져 나왔다.

파아아아.

단희연은 어렵사리 신형을 비틀어 공세를 회피한 후 뒤로 간격을 벌려 서며 검을 뽑았다.

"당신! 이게 무슨 짓이지?"

"경거망동은 거기까지다. 웬만하면 조용한 곳으로 가 죽이려 했는데 자꾸 고집을 부리니 어쩔 수 있나. 예서 죽이는 수밖에……."

"뭐라고?"

귀견옹이 슬쩍 턱짓을 하자 귀견들이 일사불란하게 움직여 단희연을 둥글게 포위했다.

"저 천마존 후인이 유령검법을 단번에 깨우쳐 보이자 미련이 생긴 게냐? 그를 통해 유령검법을 통달하고 싶어서? 참으로 꼴사납구나. 처음엔 단지 협사란 이유로 놈을 놓아주려고 하더니…… 갈수록 가관이야."

"갑자기 왜 이러는 거지? 난 분명히 당신에게 피해가 가지 않도록 할 거라고 말했어!"

"됐고, 시시콜콜 인의를 따지는 계집 따윈 더 이상 필요 치 않다고 말씀하셨다."

단희연은 순간 불길한 예감이 들었다.

"설마……."

귀견옹이 입꼬리를 씰룩 그어 올렸다.

"그래. 방금 네 머릿속을 스친 그분께서 하명하신 일이니라. 음강을 죽인 놈의 행적을 파악하는 즉시 너부터 죽여 없애라고. 후훗."

단희연은 즉각 내공을 극성으로 운용해 흔들린 기혈을 단속하며 검을 곧추세웠다.

"흥, 어디 할 수 있으면 해 봐!"

"가라! 내 새끼들아!"

귀견옹의 외침과 동시에 귀견들이 아가리를 쩍 벌린 채 단희연에게로 쇄도했다.

*   *   *

귀검성 내 북쪽에 자리한 웅장한 전각.

호화로운 가구들이 비치된 내실의 탁자에 구예가 자리했다. 그는 창문 틈으로 비껴드는 오후 햇살을 받으며 조용히 고서를 읽고 있는 중이었다.

귀검성엔 철칙이 한 가지 있다.

그건 바로 구예가 탐독의 시간을 가질 때는 무슨 일이 있어도 방해하지 않는 것.

한데 지금, 그 철직을 깨뜨리는 한 인물이 등장했다.

"성주님, 양판교(梁阪僑)입니다."

문밖으로부터 들려온 정중한 목소리.

책에 고개를 파묻고 있던 구예가 시선을 돌리며 말했다.

"들라."

이내 문이 좌우로 열리며 얼음장 같은 표정을 가진 사십 대 검수가 조용히 발을 들였다.

냉면귀검사(冷面鬼劍士) 양판교.

웃는 얼굴을 본 사람이 아무도 없다고 하여 냉면이라 불리는 그는 귀검성 제이인자이자 방대한 인원을 자랑하는 귀곡단(鬼哭團)의 단주였다.

구예는 자신의 귀중한 취미 생활을 방해한 양판교를 향해 오히려 자리에 앉으라며 손짓을 보냈다.

사실 양판교는 예의 철칙에 구애를 받지 않는 인물이었

다.

달리 말해 구예가 절대적 신뢰를 보내는 유일한 사람이
란 의미였다.

그러한 믿음은 양판교의 무위가 십대고수 중 최고이기
때문만이 아니었다. 청년 시절부터 동고동락하며 귀검성
이란 기틀을 마련하고, 또 작금에 이르기까지 오랜 시간
두터운 정을 쌓았기에 아무 조건 없이 아끼고 신용하는
것이었다.

구예에게 있어 양판교는 혈육, 그 이상의 존재라 해도
모자람이 없었다.

"귀견옹으로부터 아직 아무런 기별이 없나?"

"예. 너무 걱정하실 필요 없습니다. 그의 실력은 누구
보다 제가 가장 잘 알고 있으니까요. 조만간 전서구가 도
착하리라 생각합니다."

"막상 죽어 사라진다고 생각하니 좀 아깝군. 검술에 대
한 공부가 남다른 계집이었는데……."

"어쩌겠습니까. 몸은 본 성에 속해 있으나 그 마음은
정도를 추구하니, 계속 두면 골칫거리만 될 뿐입니다."

귀견옹을 통해 단희연을 죽여 없애자는 차도살인지계
(借刀殺人之計: 남의 칼을 빌려 사람을 죽인다)는 바로
양판교의 머릿속에서 나온 것이었다.

"그래, 네가 그렇다면 그런 것이지. 그 판단을 믿는다."

"실은 따로 보고드릴 것이 있어 왔습니다."

"뭔가?"

"본 성의 위상을 높여 줄 새로운 인재들을 구했습니다."

양판교의 대답에 구예가 뜻밖이라는 표정을 지었다.

"벌써……?"

"예. 십대고수란 지위는 본 성의 상징이나 다름 아닙니다. 그러한 자리를 오래 비워 두면 수하들 사기에 큰 영향을 미치므로 인맥을 총동원해 밤낮으로 노력했습니다."

"후훗, 과연 날 실망시키는 적이 단 한 번도 없군."

구예가 흐뭇한 눈빛으로 칭찬하자 양판교가 특유의 무표정한 얼굴로 공손히 두 손을 모았다.

"모두 몇 명인가?"

"셋입니다."

"둘이 아니고?"

"만일을 대비해 한 명을 더 데리고 왔습니다."

"음강은 애초부터 십대고수 자리에 어울리지 않았어. 가진바 실력에 비해 과한 명성을 누렸지. 장사 수완은 좋았지만……."

양판교는 그 말에 숨은 뜻을 읽었다.

"염려 마십시오. 세 명 모두 단희연과 비교해도 손색이 없는 수준의 무위를 지녔습니다."

"보아하니 네가 직접 시험해 본 모양이군."

"그중 한 명은 아주 특출한 무위를 지녔습니다. 그는 놀랍게도 제 검식에 맞서 칠십 합을 넘게 견뎌 내었지요."

"호오, 귀곡검식(鬼哭劍式)을 칠십 합 넘게 견뎌?"

구예의 음성에 살며시 흥분이 깃들었다. 그 누구보다 양판교의 출중한 실력을 잘 알고 있었기에.

"지금 어디에 있느냐?"

"대외비로 진행한 일이라 사람들 눈을 피해 일단 지하실로 안내했습니다."

"가자."

구예와 양판교는 나란히 자리에서 일어났다. 그렇게 문을 나서니 붉은 무복 차림을 한 검수 네 명이 그림자처럼 등 뒤로 따라붙었다.

성주 직속 호위검대인 적귀대(赤鬼隊)의 검수들.

구예는 손짓으로 그들의 동행을 제지하곤 양판교와 함께 긴 복도를 지나 곧장 지하실로 향했다. 그 지하실은 구예와 양판교를 제외하면 출입을 엄금하는 곳이었다.

끼이잉.

구예가 철문을 열자 등불이 환하게 걸린 장방형 석실이 그 모습을 드러냈다. 거기엔 양판교가 언급했던 세 사람이 작은 탁자를 가운데 두고 품 자(品字)로 앉아 있었다.

"성주이시다."

양판교의 말에 세 사람은 일제히 신형을 일으켜 세우며 예를 갖췄다.

구예는 예리한 안광으로 그들을 하나씩 살폈다.

좌측에 선 사십 대 사내는 우락부락한 얼굴에 언뜻 봐도 묵직한 철퇴(鐵槌)를 지니고 있었고, 우측에 선 삼십 대 여인은 요사하고 음란한 기도를 한껏 풍겼다. 강호인이라기보단 기녀(妓女)에 가까운 차림새였다.

'둘 다 검수는 아닌 듯한데……. 뭐, 상관없지.'

그때, 구예와 눈이 마주친 여인이 생긋 웃으며 일부러 앞섶을 벌렸다. 그러자 뽀얀 젖무덤 사이의 골짜기가 훤히 드러났다.

'훗, 맘에 드는군.'

피식 웃은 구예의 시선이 아내 중앙에 선 인물에게로 고정되었다.

"과연……."

구예는 저도 모르게 나지막한 감탄성을 흘렸다.

호화로운 비단옷에 머리칼을 정갈하게 묶어 올린 삼십 대 중반의 사내. 비록 미남은 아니지만 뚜렷한 이목구비, 훤칠한 신장, 그리고 손에 쥔 부채가 조화를 이뤄 쉬이 범접할 수 없는 기품을 내뿜었다.

구예는 굳이 소개를 받지 않아도 알 수 있었다. 앞서 양판교가 말한 특출한 무인이 바로 비단옷 사내라는 사실을. 무릇 강자는 강자를 알아보는 법이었다.

뒤쪽에 시립한 양판교가 무표정한 얼굴로 물었다.

"어떠십니까?"

"음, 훌륭하다! 다들 고수의 풍모가 느껴지는구나."

구예가 흡족한 얼굴로 고개를 끄덕거린 순간, 양판교의 입가에 싸늘한 미소가 맺혔다.

끼아아악—!

한 줄기 귀곡성과 동시에 날카로운 검날이 구예의 등을 뚫고 가슴 앞으로 비어져 나왔다.

"끄흐윽……!"

검날의 주인은 양판교였다.

고통스러운 표정으로 고개를 뒤돌린 구예의 동공에 강한 불신의 빛이 담겨 들었다.

"이…… 이게 무슨……."

양판교는 냉면귀검사란 별호가 무색하리만치 한층 선

명한 미소를 그렸다.

"후후후, 그토록 믿은 사람으로부터 배신을 당한 느낌이 어떤가?"

그는 그 말이 끝나기가 무섭게 검을 쑥 뽑아 재차 구예의 몸에 깊숙이 찔러 넣었다.

푸우욱!

듣기 거북한 음향이 울리며 구예가 그 자리에 힘없이 털썩 주저앉았다.

"꺼허…… 꺼허어…….."

양판교는 숨을 껄떡이는 구예를 내려다보며 조롱했다.

"평소의 너라면 이 일검에 당하지 않았을 테지. 그래서 사람의 정이 무서운 것이야. 자신도 모르게 방심이 깃들어 무방비 상태에 놓이거든."

어느덧 가까이로 온 여인이 허리춤에서 단도(短刀)를 꺼내더니 구예의 손목을 끊어 버렸다.

통증을 견디지 못한 구예가 몸을 부들부들 떨었다. 그는 비명을 지를 힘조차 없는 듯했다.

양판교가 눈살을 찌푸리자 여인이 교소를 터뜨렸다.

"호호호, 내가 손목을 끊는 게 버릇이라서. 그러면 가지고 놀기가 좋거든."

그때, 사십 대 사내가 철퇴를 움킨 채 성큼성큼 걸음을 옮겨 구예의 머리통을 휘갈기려 했다.

"멈춰라."

비단옷 사내의 목소리.

세 사람은 서둘러 병기를 갈무리하고 한옆으로 조용히 물러났다.

비단옷 사내는 팔락팔락 부채질을 하며 겨우 숨만 붙어 있는 구예의 면전으로 가 섰다.

"죽기 전에 가르쳐 주는 게 도리인 것 같군. 난 천환마가(天幻魔家)의 범소(范逍)라 한다. 장차 아버님 뒤를 이어 가문을 이끌어 나갈 아주 귀한 몸이지."

구예는 힘겹게 고개를 들었다. 하지만 시야가 흐릿해 범소의 얼굴이 잘 보이지 않았다.

"양판교를 원망하지 마라. 그는 단지 무엇이 자신에게 이득이 될지를 냉정하게 따져 행동했을 뿐이니까. 아무튼 귀검성은 육대마가에서 잘 관리할 테니 저승으로 가 푹 쉬어라."

범소는 그 말과 함께 부채를 촤락! 접었다.

그것이 일종의 신호였는지 양판교가 즉각 검을 놀려 구예의 목을 단숨에 베었다.

너무나도 허망한 죽음.

신검귀라 불리며 사파를 대표하는 유명 검수로 위세를

떨쳐 온 그였는데, 제대로 된 싸움은 고사하고 칼도 뽑아 보지 못한 채 생을 마감하고 말았다.

범소가 돌연 하단전을 돌려 내공을 운용하며 말했다.

"요혼(妖魂), 준비하라."

그런 그의 신형 위로 백색 마기가 춤을 추듯 마구 일렁 거리자 짜자작! 거리며 바닥에 미세한 금이 가기 시작했 다.

요혼이라 불린 여인은 신속히 구예를 머리를 주워 들더 니 마찬가지로 새하얀 마기를 피워 올렸다.

"철혼(鐵魂), 네 차례다."

범소의 명을 받은 사내, 철혼은 두 손으로 구예의 몸통 을 잡고 일으켜 세워 일신의 마기를 이끌어 냈다.

슈우웃, 슈우우웃.

세 사람이 발출한 마기가 허공에서 뒤엉킨 찰나, 환한 빛이 공간을 가득 메웠다.

별안간 범소의 골격이 뚝뚝 소리를 내며 급격한 변화를 일으켰다. 뒤이어 얼굴도 기이하게 일그러지며 이목구비 의 형태가 변했다.

"크으윽……."

범소의 입에서 괴로운 신음이 새어 나왔다. 이에 요혼 과 철혼도 똑같이 나지막한 신음을 내뱉었다. 서로 뒤엉킨 마기로 인해 고통을 공유하는 듯이.

그렇게 약간의 시간이 흐른 후, 세 사람이 동시에 마기를 갈무리하자 지하실에 정적이 감돌았다.

"성공이구나. 후후훗."

소성을 흘리는 범소의 외형은 놀랍게도 구예로 바뀌어 있었다.

양판교는 직접 보고도 믿기지가 않았다.

'세상에⋯⋯.'

몸에 걸친 옷만 다를 뿐, 그 외의 모든 것이 똑같았다. 죽은 구예가 잘린 머리를 붙여 환생한 것 같은 느낌마저 들었다.

범소가 목을 한 바퀴 돌린 후 물었다.

"판교, 소감이 어떤가? 이것이 바로 본가가 자랑하는 환형대법(幻形大法)이다."

"과연 대단하십니다. 완벽에 가깝습니다. 아니, 완벽합니다."

그에 범소가 눈살을 살짝 구겼다.

"목소리를 조금 더 가다듬을 필요가 있을 듯싶은데."

"그 정도의 미묘한 차이는 괜찮습니다. 외형이 똑같은데 누가 감히 의심할 수 있겠습니까?"

범소는 흐뭇한 미소를 머금으며 요혼과 철혼을 향해 당

부했다.

"너흰 이제부터 귀검성 십대고수 신분이다. 마가연맹의 대업에 누를 끼치지 않도록 매사 조심하라."

고개를 숙인 두 사람은 입을 모아 대답했다.

"예, 명심하겠습니다."

범소가 팔을 가볍게 휘젓자 구예의 허리에 걸려 있던 검이 위로 둥실 떠올랐다.

허공섭물이었다.

이내 그 검을 손에 쥔 범소의 두 눈이 서늘한 기광을 내뿜었다.

"이곳 귀검성은 향후 육대마가에 있어 가장 중요한 거점이 될 것이다. 과거 천마교조차 무너뜨리지 못한 일천 년의 아성 소림사…… 그들이 바로 북쪽에 버티고 있으니까 말이다."

소림사를 언급하자 요혼과 철혼의 눈빛이 뜨겁게 불타올랐다.

양판교가 두 손을 모으며 말했다.

"앞으로 무슨 일이든 맡겨만 주십시오. 사력을 다해 육대마가의 중원 진출을 위한 교두보가 되어 드리겠습니다."

부채질을 하는 범소의 입가에 미소를 맺혔다.

"훗, 그 마음가짐 변치 않길 바란다."

"여부가 있겠습니까."

"그나저나 구예의 가진 고서들 가운데 마경과 관련한 책이 있다고 했나?"

"그렇습니다."

"좋다. 일단 그리로 날 안내해라."

11장
밀술(密術)의 기연

"크으윽!"

백경이 답답한 신음성을 흘리며 바닥에 털퍼덕 주저앉았다.

기맥에 큰 충격을 받은 그는 이제 칼을 휘두를 여력조차 없어 보였다. 창백한 낯빛에 파르르 떨리는 손가락이 바로 그 증거였다.

승려가 그런 백경을 향해 나지막이 말했다.

"주인장, 더 이상 방해하지 마라. 내 손속에 사정을 두지 않았다면 죽고 말았을 것이야. 앞서 집기를 부순 것은 미안하게 생각한다. 충분히 변상토록 하지."

직후 묵직한 염낭 두 개가 백경 앞에 놓였다.

어림잡아 일백 냥 가까이 되는 듯싶었다.

백경이 직도를 옆으로 툭 던지며 허탈한 웃음을 터뜨렸다.

"크훗. 그래, 내가 졌다, 졌어."

승려가 내공을 운용하며 천공 일행 쪽으로 땅을 박차려는 순간, 백경의 목소리가 그 발목을 붙잡았다.

"이봐, 땡추! 차림새를 보아하니 소림사 무승은 아닌 것 같은데, 정체가 뭐지?"

"그게 무어 중요한가?"

"짐작컨대 네 무위는 소림사 상위 고수들과 비교해도 손색이 없는 수준이다. 아니, 어쩌면 십대무신에 근접한 수준일지도……."

승려가 들은 척도 않고 다시 신형을 날리려 하자 백경이 발끈해 소리쳤다.

"갈! 그 정도도 가르쳐 줄 수 없단 말이냐? 내가 이토록 무참히 패한 것은 무당파 노도사(老道士) 이후로 처음이란 말이다!"

"망국(亡國)의 항마군(降魔軍)이다."

승려는 그 한마디만 남긴 채 경공술을 전개해 저편으로 쾌속히 쏘아져 나아갔다.

한편, 기부도 휘하의 녹림방도들은 천공 일행의 합공을

버티지 못하고 대다수 목숨을 잃은 상태였다.

기부도는 제 소원대로 동방휘와 일대일 대결을 펼치는 중이지만, 부족함을 여실히 드러냈다.

눈에 띄는 검상(劍傷)만 하더라도 벌써 다섯 군데가 넘었다.

애초부터 무모한 도발이었다.

온전한 상태로 싸워도 모자랄 판에 내상까지 안은 몸으로 덤벼들었으니.

동방휘는 청룡단운검법의 검초를 잇달아 뿌리며 외쳤다.

"비아가 당한 그대로 돌려주마!"

"그깟 말 새끼 뒈진 게 뭐 대수라고!"

청룡강검과 곡도가 맞부딪치며 불을 뿜는 가운데, 천공과 승궁인은 차례로 녹림방도 둘을 더 쓰러뜨렸다. 이제 남은 녹림방도는 한 명뿐이었다.

천공과 승궁인은 질풍처럼 운신해 각자 녹림방도의 가슴과 등을 가격했다.

꽈드득! 뿌가악!

흉골과 척추골이 으스러진 녹림방도는 외마디 소리와 함께 숨이 끊겼다.

바로 그 순간.

흠칫한 천공은 등 뒤로부터 사납게 쇄도하는 기척을 느끼고는 재빨리 신형을 돌려세웠다.

'웃……!'

어느덧 자신의 면전으로 바짝 육박한 승려의 신형.

번뜩이는 금강저가 대지를 쪼갤 듯한 기세로 정수리를 향해 떨어져 내렸다.

후우우우웅—!

맞받아치기엔 너무나 거대한 공력이었다.

'피하자!'

천공이 발을 굴려 신형을 물리는 찰나, 승궁인이 그 간극으로 비집고 들며 쌍장을 강하게 쳐올렸다.

꽈르릉!

엄청난 충격파가 대기를 뒤흔들었다.

내려치는 금강저의 위력에 승궁인이 딛고 선 지면이 원형으로 움푹 꺼졌다.

그때, 저 먼 쪽에서 날카로운 통성이 들렸다.

"아악!"

천공이 고개를 돌리자 종아리를 크게 물려 선혈을 흘리는 단희연의 모습이 시야에 옴폭 담겨 들었다.

'아니! 저게 도대체……?'

흉맹한 귀견들에게 둘러싸여 검을 놀리는 품이 더없이

위태로워 보였다.

[천 소협! 여긴 내가 맡을 테니 어서 단 소저를……!]

승궁인의 전음에 천공은 더 생각할 것도 없이 보법을 밟아 단희연에게로 향했다.

"게 서라, 마귀!"

승려가 추격하려 했지만 승궁인이 고강한 장격(掌擊)을 퍼부어 그 행로를 가로막았다.

그사이 단희연 곁에 당도한 천공은 경력을 실은 주먹으로 지면을 꽝! 두드렸다.

콰아아아아─!

붉은 마기가 원형의 파도처럼 퍼지자 귀견들이 일제히 십 보 밖으로 물러나며 송곳니를 세운 채 으르렁거렸다.

"일행끼리 이 무슨 짓이오!"

천공의 외침에 귀견옹이 눈살을 구기며 하단전을 빠르게 돌렸다.

'도무지 종잡을 수가 없구나! 천마신공 전승자가 무슨 이유로 협사처럼 행동하는 거지?'

그로선 상식적으로 납득하기 어려운 일.

단희연이 괴로운 표정으로 혈도를 꾹 눌러 지혈을 하며 속삭였다.

"그를 반드시 죽여야 해요."

"예?"

"성주의 사주를 받은 것 같아요. 날 죽이고 나면 본 성 고수들을 호출해 당신까지 죽이려 들 거예요."

천공은 그제야 어떻게 된 상황인지 파악이 됐다.

별안간 내공을 극성으로 끌어 올린 귀견옹이 전신으로 음산한 귀기를 토했다.

'천마신공이 두렵긴 하지만…… 여기서 단 씨 계집을 죽이지 못하면 되레 내가 검귀들의 칼 아래 죽게 될 터!'

귀검성주로부터 미리 돈까지 받았는데 이제 와서 발을 뺄 순 없는 노릇이었다.

천마존은 속으로 천공을 비웃었다.

'네놈 힘으론 저 늙은 귀신과 개새끼들을 한꺼번에 감당할 수 없을 것이니라. 후후.'

검을 고쳐 쥔 단희연이 경각심을 일깨웠다.

"저 귀견들…… 힘이 보통이 아니에요. 외형만 짐승일 뿐, 열 명의 고수라 봐도 무방해요."

천공은 내공을 극성으로 운용해 전신으로 핏빛 마기를 폭사시켰다. 일단은 자신의 힘으로 해결할 요량이었다.

'늙은 마귀에게 맡기자니 불안하다. 육신을 차지하자

마자 닥치는 대로 이곳에 있는 모두를 죽이려 들 것이 분명해!'

일순 귀견옹이 손짓을 보내자 귀견들이 맹렬한 기세로 내달렸다. 뒤이어 귀견옹 자신도 대열에 합류했다.

천공은 자신의 전방으로 다가든 귀견을 향해 일권을 내질렀다.

나선을 그리며 쏘아지는 핏빛 권경.

퍼엉!

큰 소리와 함께 귀견이 도로 튕겨 나간 순간, 다른 귀견 두 마리가 좌우로 쇄도해 들었다.

천공이 신속히 양팔을 뻗어 장력을 발출했다. 이에 따가운 파공음이 터지며 두 귀견이 일 장 뒤로 나가떨어졌다. 하지만 곧바로 몸을 일으켜 세우더니 한층 더 사납게 돌진해 들었다.

'아니……! 귀기로 몸을 보호한 건가? 과연 예사 개들이 아니구나!'

귀견옹이 연거푸 내지르는 장풍과 굶주린 것마냥 아가리를 쩍 벌린 귀견들이 어지러이 교차하며 난장판을 만들었다.

그야말로 숨 돌릴 틈도 없는 싸움.

천마존은 뭐가 그리 신나는지 연방 대소했다.

[크하하하! 크하하하하! 이건 뭐, 말 그대로 개판이 따로 없구나!]

어느 순간 옆에서 칼을 놀리던 단희연이 잇단 공세를 버티지 못하고 한 귀견에게 왼쪽 옆구리를 깨물렸다.

"으윽!"

화들짝 놀란 천공은 즉시 신형을 움직여 단희연의 옆구리를 물고 늘어지는 귀견의 목을 주먹으로 가격했다.

커어엉!

외마디 비명을 내뱉은 귀견이 괴로운 듯 바닥을 나뒹굴었다.

단희연은 옆구리를 꽉 움키며 힘없이 주저앉았다.

'윽……! 하마터면 살이 뭉텅 뜯겨 나갈 뻔했어. 칫, 애초에 내상만 입지 않았어도…….'

눈이 따끔거리는 것이, 곧 정신을 잃을 것만 같았다.

귀견옹의 기습적인 장공에 당한 상태로 잇달아 귀견들과 맞서는 바람에 심맥의 충격이 더 악화된 까닭이었다.

천공은 다친 그녀를 엄호하고 선 채 폭풍처럼 휘몰아치는 공세를 방어했다. 하지만 금세 한계에 부딪쳤다.

잠시 뒤로 빠진 귀견옹은 내공을 정돈하며 의아하다는 듯 눈을 가느다랗게 만들었다.

'천마신공을 일부러 안 쓰는 건가, 아니면 못 쓰는 건가? 저 붉은 마기를 토하는 마공은 생각보다 약한데?'

그러다가 입꼬리를 씰룩 올렸다.

'훗, 어쨌거나 저년만 죽이면 끝이다! 그러면 이곳에 더 머물 이유가 없지.'

지면을 박찬 그는 힘없이 주저앉은 단희연의 우측을 노려 쇄도했다.

바로 그때.

후우우우우웅―!

천공의 신형을 중심으로 거대한 흑색 돌풍이 일자 귀견들이 모조리 허공으로 떠올라 흔적조차 없이 분쇄돼 버렸다.

극성 공력의 천마흑풍살기.

어느새 천공과 천마존이 심혼의 자리를 맞바꾼 것이었다.

"흐흐, 이런 개새끼들 따위를 믿고 설치다니."

이내 마기의 압력에 의해 방원 십 장의 지면이 사납게 요동을 쳤다.

'처, 천마신공!'

경악한 귀견웅은 신속히 신형을 뒤로 물렸다.

그때, 천공이 경고하듯 소리쳤다.

[늙은 마귀, 분명히 말하는데, 엉뚱한 짓 말고 귀견옹만 처리해라! 안 그러면 곧바로 심계에 가둬 버릴 거야!]

"저 중놈은 어찌할 셈이냐?"

[나에 대해 오해를 하고 있을 뿐, 그도 엄연히 불가의 무승이다. 대화로 해결할 테니 절대 해치려 들면 안 돼!]

"흥! 까다롭기는."

천마존은 육안의 쫓음을 불허하는 섬광 같은 운신으로 귀견옹을 덮쳐 갔다.

소리를 앞지르는 극쾌의 경공술, 천마섬전비.

귀견옹은 본능적으로 두 팔을 쭉 뻗어 육중한 장력을 쏘았다.

이에 천마존도 우권을 힘차게 내질러 천마붕권을 시전했다.

쿠아아아앙—!

요란한 폭성이 터진 찰나, 검은 마기의 잔해에 휩싸인 귀견옹이 크게 휘청대며 뒷걸음질 쳤다. 그러다가 곧 바닥에 피를 왈칵 토했다.

천마존이 다시 그 앞으로 가 천마붕권을 날렸다.

질겁한 귀견옹이 사력을 다해 쌍장을 발출했지만, 그 가공할 위력을 버티지 못하고 삼 장 뒤로 세게 튕겨 나가 흙바닥 위로 철퍼덕 너부러졌다.

"꺼어…… 어……."

신음을 내뱉는 귀견옹의 몰골은 실로 참담했다. 어깻죽지부터 다리까지 신체 좌측이 통째로 사라져 버렸으니까. 기실 숨이 붙어 있는 것만도 기적이었다.

천마존이 소매를 떨치며 신경질을 냈다.

"망할, 단방에 없애지 못하다니!"

예전 초월마장 달지극을 죽였을 때와 같은 이유였다.

결과가 성에 차지 않는다는 것.

비록 최대 공력이 아닌 팔 할의 공력이었지만 능히 멸해 버릴 수 힘이라 여겼는데.

쾅! 하고 지면을 박찬 천마존은 그대로 허공을 격해 반병신이 된 귀견옹의 위로 세차게 떨어져 내렸다.

콰드득, 푸하아악!

천마존의 발아래 귀견옹의 머리통이 무참히 터져 나가며 뇌수와 선혈을 퍼뜨렸다.

그때, 저편에서 우렁찬 굉음이 터지며 승궁인이 지면을 타고 뒤로 주르륵 미끄러져 괴로운 표정을 짓는 것이 보였다.

내상을 입은 것이 분명했다. 아무래도 승려가 구사한 모종의 절기에 당한 듯싶었다.

"감히 승 형을……!"

분노한 동방휘가 청룡강검을 휘두르며 승려에게로 달려들었다. 그와 겨루던 기부도는 이미 목이 잘려 죽은 뒤였다.

슈우욱, 쐐액!

승려의 금강저와 동방휘의 검극이 충돌하기가 무섭게 거대한 기의 아지랑이가 파문처럼 번지며 대기를 수놓았다.

직후, 동방휘의 신형도 승궁인과 마찬가지로 뒤로 멀리 튕겨 나갔다.

그러곤 이내 충격을 이기지 못한 듯 한쪽 무릎을 꿇었다.

승려는 숨을 한 번 크게 몰아쉰 후, 곧장 경공술을 전개해 천마존을 노리고 들었다.

"카하! 제대로 붙어 볼까!"

질세라 마주 신형을 날려 돌진하는 천마존이었다.

천공이 황급히 외쳤다.

[손속에 사정을 둬라! 그는 불자다!]

"닥쳐!"

천마존은 일갈과 함께 지척으로 육박한 승려를 상대로 마기가 압축된 좌장을 내질렀다.

쿠아아아아—!

흑마아형장(黑魔牙形掌).

마귀의 이빨을 닮은 거대한 장세가 승려를 집어삼킬 듯이 쇄도했다.

봉안을 부릅뜬 승려는 즉각 금강저를 휘둘렀다. 그러자 장엄한 금색 기류가 급류처럼 뻗어 나왔다.

그렇게 정면으로 부딪친 공세.

엄청난 굉음이 하늘과 땅을 떨쳐 울리는 가운데 승려가 반탄지력에 밀려 대여섯 걸음을 후퇴했다. 반면, 천마존은 그 자리에 버티고 섰다.

승려의 봉안이 짙은 살광(殺光)을 머금었다.

"마귀, 제법이군!"

그는 전혀 물러설 뜻이 없는 듯했다. 앞서 초절한 고수인 백경과 승궁인을 연달아 상대하며 힘을 많이 소진했을 텐데도.

천공은 그런 승려의 무위에 어떤 경외감마저 품었다.

'정말 대단한 무승이다! 늙은 마귀가 힘을 다 회복한 상태는 아니나 귀견들, 그리고 귀견용조차 제대로 감당하지 못한 공력을 홀로 받아 내다니…….'

다리를 놀린 승려가 재차 간극을 좁혀 왔다.

천마존도 즉각 쾌속히 나아가 천마붕권을 뿌렸다.

콰쾅—!

폭성이 터지며 일 장 뒤로 후퇴하는 승려의 신형.

그는 한 줄기 나지막한 신음성을 흘리며 인상을 찡그렸다. 그럼에도 불구하고 입가에 피 한 방울 흐르지 않는 것으로 보아 내상은 피한 모양이었다.

"놈! 이것도 버틸 수 있나 보자!"

상대의 견고한 무위에 오기가 치민 천마존은 이마에 핏대를 세우며 천마신공을 극성으로 이끌어 냈다.

쿠쿠쿠쿠쿠—!

전신을 휘감고 오르는 시커먼 마기와 더불어 육중한 압력이 일대 공간을 마구 짓누르고 들었다.

[거기까지다!]

천공은 외침과 동시에 심법을 운용했다.

"윽! 너 이 새끼……."

천마존은 말을 다 끝맺지 못하고 다시 심계에 갇혔고, 사위로 번져 나가던 거대한 마기는 한순간에 사라졌다.

천공은 재빨리 고개를 돌려 주변을 살폈다. 그러자 승궁인이 동방휘를 부축해 일으키는 모습이 보였다. 다행히 내상이 중하진 않은 듯싶었다.

곧이어 단희연 쪽으로 향하는 시선.

'앗! 단 소저……'

단희연은 어느덧 정신을 잃고 쓰러져 누워 있었다.

신속히 그 곁으로 다가간 천공은 소매를 걷고 맥문을 짚어 보았다.

'이런, 상태가 위중하구나! 기혈의 흐름이 더없이 불안정해. 게다가 큰 출혈까지……'

그는 두 팔로 단희연을 안아 올렸다.

바로 그때, 저편의 승궁인이 손나발을 하고 소리쳤다.

"위험해!"

천공은 뒤통수로 엄습해 드는 살기를 느끼고 본능적으로 발을 굴려 모로 운신했다.

그에 승려의 금강저가 간발의 차로 신형을 스쳐 지나가 지면을 두드려 부쉈다.

꾸웅, 꽈지지직—!

위맹한 공력에 의해 거미줄을 그린 땅이 먼지를 자욱이 비산시켰다.

천공은 재차 발을 굴려 거리를 벌려 서며 외쳤다.

"진정하십시오! 저도 실은 불제자입니다!"

"어디서 거짓부렁이냐!"

승려는 급박한 기세로 좌장을 내밀어 장력을 토했다.

가까스로 예의 장력을 회피한 천공은 얼른 동방휘에게 전음을 보냈다.

[휘, 이대론 안 되겠네! 나중에 북서쪽 절곡의 흑운동으로 오게! 난 그리로 가 머물 것이니.]

그는 혼절한 단희연을 품에 안은 채로 경공술을 전개해 붉은 잔상을 남기며 신비괴림으로 드는 숲길로 향했다.

"놓치지 않는다!"

고함친 승려도 푸른 가사를 펄럭이며 맹렬히 뒤를 쫓았다.

승궁인이 빠른 속도로 멀어져 가는 그들을 보며 뭐라고 고함치려는 찰나, 동방휘가 만류하듯 말했다.

"승 형, 우리로부터 도망치는 게 아니에요."

"뭐?"

"대화가 통하지 않으니 일부러 승려를 유인한 겁니다. 우리가 내상을 회복할 시간을 벌어 주기 위해서……."

"그가 전음으로 뭔가 말하던가?"

"흑운동으로 간다고 했습니다."

"흑운동이라고?"

"예."

"흠, 흑운동이라……. 그렇다면 흑선을 만나러 온 것이 확실하군."

"승려를 따돌리고 단 소저를 보살핀 후 곧장 그곳으로 가 머무를 생각인 것 같습니다. 그의 말론 신비괴림 북서쪽 절곡에 흑운동이 위치해 있다던데, 혹시 아는 게 없습니까?"

"본 방도 흑운동의 위치는 아직까지 파악치 못했어. 특히 북서쪽은 그 지세가 험해 인원 파견을 잠깐 보류해 둔 상태야. 현재 삼분지 일 남짓 정도만 조사가 끝났을 따름이지. 내가 보기엔 천공도 흑운동의 정확한 위치를 모르는 듯싶군."

동방휘가 자못 아쉽다는 표정으로 고개를 끄덕이며 청룡강검을 갈무리했다. 직후, 승궁인이 푸른 빛깔을 띤 환약을 건넸다.

"나보다 내상이 중한 것 같으니 먼저 복용하고 운기요상을 하도록 해. 호위를 서 줄 테니까."

내상을 다스리는 데 탁월한 효능을 발휘한다는 개방의 소천단(小天丹)이었다.

동방휘는 소천단을 받아 들며 천공과 승려가 사라진 숲길을 물끄러미 응시했다.

"천공이 비록 천마신공을 지녔다곤 하지만…… 생전의 천마존과 같은 패악한 마인은 절대 아닙니다. 승 형도 그걸 느끼고 있지요?"

승궁인이 겸연스러운 표정으로 말을 받았다.

"그래, 단 소저를 도운 것만 보더라도⋯⋯. 네 안목을 얕봐서 미안하다. 한데 그가 마지막에 외친 말을 이해할 수가 없어. 자신도 불제자라고 했잖아?"

"승려를 진정시키려고 한 말일 수도 있습니다. 그나저나 아까 그 승려, 무위가 정말 대단하더군요. 난 둘째 치고, 승 형마저 버거워 할 정도였으니⋯⋯."

"그가 마지막에 백결장법(百結掌法)을 파쇄하며 반격을 가했을 땐 잠시나마 눈앞이 아뜩했어. 하마터면 심맥까지 다칠 뻔했거든. 그간 내가 겨뤄 본 불문 무인 중에 백결장법을 능히 감당해 낸 자는 소림사의 천중 이후 저 승려가 처음이다. 아니, 그 천중도 장력을 파쇄해 버릴 정도의 무력을 발휘하진 못했지. 짐작컨대 그의 내공 공부는⋯⋯ 사부님과 비등한 수준임이 분명해."

별안간 등 뒤로부터 흘러드는 나지막한 음성.

"그 이상일 수도 있소."

두 사람이 고개를 돌리자 백경의 모습이 보였다. 그는 직도를 지팡이 삼아 짚으며 곁으로 비척비척 다가와 섰다.

"괜한 오해는 말구려. 절대 용두방주를 무시해서 내뱉은 말이 아니외다."

승궁인이 사람 좋은 미소로 고개를 가로저었다.

"오해는 무슨. 괜찮습니다."

그도 사실 승려의 무위가 여태백을 상회하는 수준일지 모른다고 생각한 터였다. 다만, 제자로서 죄송한 마음에 차마 입 밖으로 꺼내지 못했을 뿐.

"내 강호를 등지기 전 마지막으로 겨룬 상대가 무당파 장문 도사인데, 오늘 승려가 구사하던 무공은 결코 그의 아래가 아니었소."

용두방주 여태백과 마찬가지로 무당파 무극 진인(無極 眞人)도 정파를 대표하는 십이인, 대정십이무성에 이름을 올린 절세 고수였다. 그런 무극 진인과 손속을 나눠 본 백경이기에 앞서 여태백 이상일 수도 있다는 말도 결코 과장은 아니리라.

백경은 아직도 승려에게서 느낀 충격의 여운이 남은 듯 한 표정으로 동방휘를 바라보며 목소리를 이었다.

"과장을 조금 보태…… 동방가의 용문검신(龍文劍神) 에 근접하는 무위일 수도 있다고 여기오."

용문검신은 바로 가주 동방표호의 별호.

말인즉슨 승려의 무력이 십대무신의 그것에 견줘도 크 게 모자람이 없다는 의미였다.

동방휘는 새삼 천공의 안위가 걱정됐다.

'천공……! 꼭 무사해야 된다!'

맘 같아선 당장 뒤쫓아 가고 싶은 그였다.

승궁인이 그런 속내를 짐작했는지 어깨를 다독거렸다.

"염려 마라. 쉽게 당할 인물이 아니다. 그리고 그 승려
도 우리와 연달아 싸우며 내공을 꽤 소진한 상태야."

그때, 백경이 의미심장한 눈빛으로 물었다.

"한데…… 정파 무재들이 어쩌다가 마인과 연이 닿은
것이오? 보아하니 천마신공을 구사하는 것 같던데."

승궁인과 동방휘가 대답을 머뭇거리자 백경이 냉큼 손
사래를 쳤다.

"됐소. 신경 쓰지 말구려. 모처럼 신나게 칼춤을 췄더
니 나도 모르게 강호 근황에 호기심이 일어 그랬소. 사정
이 있는 모양이니 내 못 본 걸로 하리다."

호탕한 태도에 승궁인이 두 손을 모아 감사를 표하다가
퍼뜩 생각이 나 말했다.

"참, 객잔에서 한바탕 난리가 났을 때 낙일검당의 안평
이 주방 쪽으로 향하는 것을 얼핏 보았습니다. 서둘러 살
펴보시는 게 좋을 듯싶습니다."

눈썹을 꿈틀한 백경은 곧장 객잔 쪽으로 걸음을 옮기며
목소리를 흘렸다.

"시신들은 알아서 수습할 테니, 떠날 때 짐이나 잘 챙

겨서 가시오."

그가 건물 내부로 모습을 감춘 직후, 동방휘의 시선이 천공이 몰고 온 말로 향했다.

'그러고 보니 상황이 급박해 짐조차 제대로 챙기지 못하고 떠났구나.'

이내 승궁인과 동방휘는 운기요상을 할 조용한 자리를 찾아 걸음을 옮겼다.

"승 형, 차후 천공을 찾는 데 마령옥이 요긴하게 쓰일 수 있을 듯싶습니다."

"어이, 정말로 흑운동을 찾아가 보려고?"

"물론입니다. 천공이 모든 것을 밝힐 거라고 약속했으니까요. 승 형도 솔직히 그 사연이 궁금하지 않습니까?"

"그렇긴 하지만…… 네 일은 어떡하고?"

승궁인의 물음에 돌연 동방휘가 낯빛을 흐리며 대답했다.

"당연히 그 일부터 해결할 생각입니다."

"휘, 미리 경고하는데, 독무랑(毒霧娘)은 이제 예전의 그녀가 아니야. 천독왕(千毒王)이 안배한 기연을 얻어 완벽한 독인(毒人)이 되었고, 또 자신의 행적을 추적하던 본 방 방도들을 마구 죽이려 했을 정도로 심성까지 모질게 변했어. 그래도 독무랑을 만나고 싶은 거냐?"

"예. 절대 그녀를 포기하지 않을 겁니다. 설사 나까지 죽이려 든다고 하더라도……."

동방휘는 아랫입술을 지그시 깨물며 하늘을 올려다보았다.

'서란(抒鸞), 이곳에 숨는다고 못 찾을 줄 알았어? 기다려. 내 곧 너를 데리러 갈 테니까!'

같은 시각.

객잔 주방으로 발을 들인 백경은 빠르게 눈알을 굴려 내부를 훑었다. 그러다가 이내 좌측 선반에 놓인 상자의 뚜껑이 활짝 열려 있는 것을 발견했다.

아니나 다를까, 안에 들어 있던 물건은 사라지고 없었다.

그는 그 텅 빈 상자를 어루만지며 실소를 터뜨렸다.

"풋! 미친 녀석……. 고대 범문(梵文)으로 되어 읽기도 힘든 낡은 책을 가지고 가서 뭐 하려는 거지?"

그러곤 한쪽 구석에 있는 바구니 덮개를 들추더니 승려에게 받은 거금을 좌르륵 쏟아부었다.

"바구니 돈은 그대로라 다행이군. 좌우지간 참 할 일 없는 놈이네. 기껏 예까지 와서 쓸모도 없는 책자 따위나 훔쳐 달아나다니. 껄껄껄."

＊　　　　　＊　　　　　＊

쏴아아아아—

어느덧 해를 집어삼킨 먹장구름이 소낙비를 퍼붓기 시작했다.

언제 밝았냐는 듯 어둑어둑하게 물들어 버린 풍광.

날씨가 변덕스럽기로 유명한 절강 지역이기에 달리 새삼스러울 것도 없었다.

울창한 밀림으로 든 천공은 시야를 가리는 빗물에 눈을 가늘게 뜨며 쉴 새 없이 다리를 놀렸다.

촤촤촤촤촤악.

붉은 잔상을 따라 뿌옇게 퍼지는 물보라 소리.

객잔 공터를 벗어났을 때부터 체내 공력을 모조리 경공에 집중시킨 터라 그 속도가 여간 빠른 게 아니었다.

'후우, 후우! 거의 반 시진 가까이 달린 것 같은데……'

그는 숨을 거칠게 몰아쉬며 뒤를 힐금 살폈다.

시야에 예의 승려의 모습은 보이지 않았다.

'겨우 따돌린 건가?'

그때, 두 팔에 안긴 단희연의 교구가 한차례 가벼운 경련을 일으켰다.

'이런……! 그녀의 몸이 한계에 이른 모양이다. 서둘러 비를 피할 곳부터 찾자.'

천공은 운신 방향을 옆으로 휙 꺾어 무성한 수풀을 헤치고 나아갔다. 사람이 드나들 수 있을 만한 동굴을 찾기 위함이었다.

한편, 천마존은 자기대로 생각에 잠겨 있었다.

'아무리 생각해 봐도 뭔가 이상해. 개방이 왜 비마고의 비급들을 가지고 간 걸까? 뭐, 육대마가의 손에 넘어가지 않은 것은 일단 다행이지만…….'

만약 육대마가가 그 마공서들을 입수했다면?

천마존 입장에선 그야말로 상상조차 하기 싫은 일이었다. 오랜 세월 동안 천마교를 지탱해 준 힘의 정수를 통째로 빼앗기는 것이나 다름 아닌 일이니까.

육대마가는 오랜 전통을 자랑하는 만큼 축적된 학식도 대단해, 그 비급들을 입수하는 순간 능히 요체를 파헤쳐 자신들 것으로 만들어 버릴 것이다. 그렇게 되면 제아무리 난다 긴다 하는 천마존 자신이라 하더라도 달리 어쩔 도리가 없다.

'어떻게든 개방이 보관하고 있는 비급들을 회수해야 본 교 재건을 위한 굳건한 발판을 마련할 수 있다. 큼!

아무튼 소림사 새끼들이나 육대마가 새끼들이나, 또 빌어먹을 개방 새끼들이나…… 하나같이 맘에 안 든단 말이지!'

그 순간 불현듯 머릿속에 떠오르는 얼굴 하나가 있었다.

부교주, 악마검신 율악.

천마존은 새삼 그의 존재가 그리웠다.

'네가 아직도 살아 있었다면 본 교 재건의 길이 이토록 요원하게 느껴지진 않을 터인데…….'

그러다가 곧 속으로 혀를 찼다.

'끌, 통탄스럽구나. 그때 섣불리 변방으로 보내는 게 아니었어. 그만한 검수를 또 어디서 찾으랴.'

그때, 천공이 반색하며 외쳤다.

"찾았다!"

멀지 않은 전방에 입구가 제법 큼직한 동혈이 보였다. 그리고 그 동혈 위로는 족히 삼십 장은 될 듯한 가파른 절벽이 펼쳐져 있었다.

대뜸 비웃음을 흘리는 천마존이었다.

[후후, 이곳이 신비괴림이란 사실을 잊은 게냐? 아무 생각 없이 동혈로 들어섰다간 이름 모를 괴수나 독물 따위와 조우하게 될 것이야.]

"내심 그렇게 되길 바라는 모양이군, 늙은 마귀."

천공은 냉랭히 대꾸하며 신속히 소낙비를 피해 동혈 안으로 발을 들였다.

그는 겉옷을 벗어 바닥에 깔고 그 위로 단희연을 눕힌 후 컴컴한 저편으로 지풍(指風)을 쏘아 보냈다.

그러자 퍽! 하는 둔탁한 소리가 나지막하게 울렸다. 기감을 돋워 살폈지만 그에 반응하는 기척 따윈 전무했다.

"안타깝게도 네 기대와 달리 안전한 곳이다."

[흥, 이제부터 시작이니라. 네 밑천은 이미 다 드러났다. 기껏 회복한 마공 수위가 참으로 보잘것없더구나. 어디 본좌의 도움 없이 흑운동까지 무사히 갈 수 있을 성싶으냐?]

"떠들 수 있을 때 맘껏 떠들어라. 차후 흑선을 만나 힘을 회복하면 곧장 저승으로 향하게 될 테니까."

[크흐흣, 과연 그럴까? 제아무리 흑선이라 하더라도 마광파천기에 의해 위축된 기로를 단번에 회복시킬 순 없다.]

"그래, 어디 한 번 두고 보자."

천공은 그 말과 함께 단희연의 맥문을 짚었다.

'예상대로 맥박이 너무나 미약하다.'

198 악소림

뒤틀린 기혈의 흐름부터 바로잡는 것이 우선이었다.

그는 손바닥을 쫙 펴 그녀의 가슴 위로 가져가다가 돌연 멈칫했다. 빗물에 젖어 밀착된 얇은 무복이 봉긋 솟은 유방의 형태를 적나라하게 드러내고 있었기 때문이다. 그 모습이 옷을 다 벗은 것보다 더 요염하게 느껴졌다.

저도 모르게 화끈 달아오르는 얼굴.

'정신 차려라! 상대는 여자가 아니라 환자다.'

심호흡을 한 천공의 손이 단희연의 가슴 가운데로 살포시 내려앉았다.

손바닥을 통해 전해지는 여체의 부드러움이 아찔함을 선사했지만, 이내 정신을 집중하고 한 줄기 내력을 발출했다.

덜컥!

단희연의 허리가 활처럼 휘며 위로 한 번 가볍게 튀어올랐다.

천공은 다시 맥문을 짚어 보았다. 그런데 방금 전과 비교해 별 차도가 없었다.

'아니, 왜 이러지?'

그는 당혹한 눈빛으로 재차 그녀의 가슴팍에 장심을 대고 내력을 운용했다. 하지만 결과는 마찬가지였다.

바로 그때, 천마존이 짧게 외쳤다.

[놈이 온다!]

동굴 밖, 요란한 빗소리 너머로 감지되는 쾌속한 기척.

천공이 화들짝 놀라 신형을 일으켰다. 그와 동시에 빗길을 뚫고 나타난 승려가 입구 앞에 우뚝 멈춰 서며 살기 어린 음성을 토했다.

"더 이상 도망칠 곳은 없다! 마귀!"

지이이잉!

금강저가 세찬 울음소리를 발하며 금빛 아지랑이를 하늘하늘 피워 올렸다.

뒤이어 승려가 내뿜은 숨 막힐 듯한 기염이 순식간에 동혈 내부를 가득 메우고 들었고, 묵직한 압력이 천공의 어깨를 짓눌렀다.

휘청.

흔들리는 천공의 신형.

"으읏, 어서 무형지기를 거두십시오! 보시다시피 그녀는 지금 위중한 상태입니다! 이러면 자칫 내상이 더 악화될 수 있습니다!"

승려가 앞으로 발걸음을 떼며 봉목을 치떴다.

"가당치도 않은 소리! 그 여자 또한 너를 돕는 마도의 무리일 터! 둘 다 한꺼번에 성불시켜 주마!"

그렇게 금강저를 휘둘러 살초를 펼치려는 찰나, 이를 윽문 천공이 마공을 한껏 운용해 무형지기를 벗겨 내며 신속히 소매를 걷어붙였다.

"부디 고정하시고 이걸 보십시오!"

나무줄기처럼 쩍 갈라진 근육 위에 선명히 새겨져 있는 작은 점들.

승려의 동공이 작은 흔들림을 자아냈다.

'아니! 계인?'

신형을 멈칫한 그는 뜻밖이라는 표정으로 물었다.

"네가 어떻게…… 계인을 지니고 있지?"

천공이 시선을 똑바로 마주하며 차분한 어조로 대꾸했다.

"불자라고 말씀드렸지 않습니까."

"정말로 불가 제자인가?"

"그렇습니다."

"허……."

한숨 비슷하게 소리를 낸 승려가 관운장 같은 수염을 쓰다듬으며 천공을 아래위로 훑어보았다.

천마존이 답답하다는 듯 속으로 투덜거렸다.

'저 중놈, 뭐 하고 있어? 어서 공격해라! 그래야 내가 육신을 다룰 기회를 잡을 수 있단 말이다!'

승려가 이내 금강저의 뾰족한 끝을 아래로 향하게 쥐며 다시 물음을 던졌다.

"불문에 귀의한 자가 어찌 마류의 무공을 구사하는 건가?"

"특별한 사정이 있습니다."

"행색은 또 왜 그렇지? 법복이 아니잖은가."

천공은 일단 단희연을 치료하는 것이 급선무였기에 숨김없이 솔직하게 대답했다.

"실은…… 파문을 당했습니다."

승려가 대뜸 목에 핏대를 세웠다.

"갈! 이제 보니 석가세존의 가르침을 어기고 마심에 빠져 쫓겨난 파계승이었구나!"

"그게 아닙니다! 일단 그녀를 구한 후에 차근차근 말씀드릴 테니……."

"필요 없다!"

승려가 땅을 박찬 순간, 천공이 마기를 갈무리하며 재빨리 무릎을 꿇었다. 그 갑작스런 행동에 승려의 신형이 재차 우뚝 멈췄다.

"순순히 죽음을 받아들이겠다는 건가?"

"저는 불력과 마력, 그 둘을 함께 지녔습니다. 몸 밖으로 펼쳐 내는 것은 비록 마공이지만 마음을 지탱하는 심법은 정심한 불공을 근간으로 하고 있습니다. 아무런 저항도 하지 않을 테니 직접 확인해 보십시오."

천공이 꿇어앉은 채로 팔을 내밀자 승려의 눈썹이 꿈틀 올라갔다.

"괜한 수작 부리지 마라!"

참다못한 천공의 입에서 고함이 터져 나왔다.

"성미가 조급한 사람은 타오르는 불길이나 다름 아니라 상대의 참된 마음까지 태워 없애 헤아리지 못하고 우매함을 자처한다 했습니다! 진정으로 제가 목숨이 경각을 다투는 사람을 두고 수작을 부리는 것으로 보이십니까!"

잠시간 침묵하는 승려. 그 눈동자로 천공의 진지한 얼굴이 고스란히 담겨 들었다.

'흠, 저 눈빛은……'

확실히 타락한 마인으로 치부하기엔 너무나 정명한 빛을 머금고 있잖은가.

승려는 곧 천공의 면전으로 가까이 다가가 섰다.

"불력을 지녔기에 마력을 제어할 수 있다, 그런 뜻이렷다?"

천공이 고개를 끄덕거리자 승려는 무형지기를 거두곤 그의 팔목을 거칠게 낚아챘다.

"단지 이 상황을 모면하기 위한 궁여일책이 아니길 바란다."

그는 자신의 손을 통해 진기를 흘려 상대의 임맥, 독맥 등 주요 기맥을 차례로 살펴 나갔다. 그러던 어느 순간, 안색이 일변했다.

'엇!'

손목을 놓은 승려는 믿을 수 없다는 듯 한 걸음 뒤로 물러섰다.

형언하기 힘들 정도로 장중하고 광명한 불력이 내재되어 있음을 감지한 까닭이었다.

"그것은 도대체 무슨 심법이오?"

정중하게 바뀐 어투. 비로소 천공이 불자란 사실을 인정한 것이리라.

"전 소림사 출신으로, 혜가선도심법을 익혔습니다. 법명은 천공이라 합니다."

"소림사!"

승려의 감탄과 동시에 천마존도 깜짝 놀랐다.

'혜가선도심법! 제기랄, 어쩐지 심법이 생각 이상으로 견고하다 싶었더니, 혜가선도심법을 익혔단 말이지! 이제 보니 수백 년 전에 실전되었다는 소문은 말짱 거짓이었군.'

천공이 신형을 일으키며 말했다.

"사실 절대 발설해선 안 되는 비밀을 밝힌 것입니다."

그러자 승려가 금강저를 허리춤에 꽂아 넣으며 합장과 함께 머리를 숙였다.

"천공 스님, 의심해서 미안하오. 소림사의 명성은 익히 들었소. 빈승의 법명은 광진(廣進)이외다. 자, 우리 대화는 잠시 뒤로 미루기로 하고 어서 저 여인부터 치료하시오."

고개를 끄덕인 천공은 황급히 단희연 옆으로 가 가슴 중앙에 장심을 대고 내력을 발출했다.

덜컥!

이로써 세 번째 시도. 하나 기혈의 흐름은 좀처럼 안정되지 않았다.

그때, 광진이 도움을 주었다.

"보아하니 그녀는 모종의 독에 중독된 것 같소. 그 독성이 전신 혈맥을 따라 퍼져 기공 치료를 방해하고 있는 것이 분명하오."

천공은 퍼뜩 깨닫는 바가 있었다.

'옳아, 귀견들이 독성을 가지고 있던 것이로구나!'

그는 얼른 눈길을 돌려 귀견에게 물린 허리와 종아리의

외상을 살폈다. 그러자 이빨 자국이 난 주위로 푸르스름한 색이 희미하게 번져 있었다. 유심히 보지 않으면 쉬이 알아차리기 힘들 정도로 아주 옅은 빛깔이었다.

천마존이 음흉한 투로 전성을 울렸다.

[요염한 계집의 미끈한 종아리를 보니 음심(淫心)이 동하지 않느냐? 저 뽀얀 피부 좀 봐라. 침을 잔뜩 묻혀 핥아 먹고 싶은걸.]

'그 입 좀 다물어!'

눈살을 찌푸린 천공은 상처 주변의 독기를 먼저 없애기 위해 종아리로 팔을 뻗었다.

맨살의 감촉이 손을 통해 그대로 전해지자 저도 모르게 중얼거렸다.

"아미타불. 소저, 결례를 용서하기 바랍니다."

[크크큭, 중놈 아니랄까 봐 그깟 여자 종아리 잡는 데 염불까지 외다니…… 왜? 여체의 유혹이 생각보다 견디기가 힘든 모양이지? 수양이 부족한 땡추로다.]

천공은 스스로 생각해도 좀 부끄러웠는지 슬그머니 얼굴을 붉혔다.

실지 십수 년 동안 여자와 접촉을 해 본 적이 없는 그였기에 태연한 반응을 보인다면 그게 더 이상할 일이었다.

[어이, 동정을 뗄 절호의 기회다. 치료가 끝나자마자 허벅지를 좌우로 활짝 벌린 다음 속옷을 찢어라. 음부가 훤히 드러나면 그때부터 본능에 몸을 맡기도록 해. 나중 일은 걱정할 필요 없어. 기절한 년이 뭘 알겠느냐? 크하하하!]

인사불성인 단희연을 겁탈하란 뜻이 아닌가.

'이 정신 나간 노마두 같으니⋯⋯!'

천공은 애써 무시하며 종아리를 잡은 손을 통해 내력을 흘려보냈다.

그러자 상처에 깃든 독기가 아지랑이로 화해 허공중으로 흩날려 사라졌다.

직후 옆구리로 손이 옮겨졌고, 마찬가지로 내력을 이용해 외상의 독기를 소멸시켰다.

성공했나 싶었는데 돌연 천공의 낯빛이 흠칫 굳었다. 외상 주위로 옅은 독기가 다시금 번져 났기 때문이다.

광진이 의미심장한 표정으로 입을 열었다.

"음, 아무래도 평범한 독이 아닌 것 같소. 내가 한 번 살펴보리다. 독에 대해선 제법 잘 아는 편이오."

천공이 한옆으로 물러나자 광진은 즉시 단희연의 몸을 진맥했다. 잠시 후, 손을 뗀 광진이 고개를 절레절레 흔들며 일렀다.

"이는 절백잠독(絶魄潛毒)이 틀림없소."

"절백잠독? 어떤 힘을 가진 독입니까?"

"혈맥을 통해 빠른 속도로 번진 후, 한두 시진 내로 심장과 뇌를 정지시켜 죽음에 이르게 만드는 무서운 맹독이오."

"한두 시진 내라면 남은 시간이 그리 많지 않군요. 해독할 방도는 알고 계십니까?"

"두 가지가 있소. 하나는 강한 양기(陽氣)를 가진 영약을 복용해 체내로부터 태워 없애는 것이고, 또 하나는 비약적인 내공 증가로 독기를 일제히 체외로 몰아내는 것이오. 한데 그 두 가지 모두 지금 실행이 불가능하니 현재로선 그녀를 구할 방법이 없소."

광진의 말을 들은 천공이 두 눈을 빛냈다.

"두 번째 방도는 제가 실행할 수 있을 것 같습니다."

"본신 내공을 그녀에게 나눠 주겠다는 뜻이오?"

"바로 그렇습니다."

하지만 광진은 회의적이었다.

"그녀를 살리고 싶은 심정은 십분 이해하오. 하지만 이미 내공을 많이 소진한 상태일 텐데, 대체 무슨 수로……. 게다가 절백잠독을 없애려면 어지간한 내공으론 어림도 없소. 나 역시 내공을 허비하지만 않았더라도 당장 도움을 줄 수 있었을 것이오. 그러나 운기조식으로 공력을 회복해 그녀를 돕기엔 허락된 시간이 너무나도 짧소."

지금부터 부지런히 운기조식을 하더라도 그사이에 단희연이 죽고 말 것이란 의미였다.

[천공! 설마 나더러 내공을 나눠 주라고 말하려는 건 아니겠지?]

천공은 아무 말 없이 단희연 옆에 자리했다. 그러곤 쌍장을 그녀의 하복부에 가져다 대며 두 눈을 지그시 감았다.

우우우우웅.

장심으로부터 환한 빛이 퍼지자 천공이 옷자락이 펄럭거렸다.

이내 그 환한 빛은 단희연의 체내로 빠르게 흘러 들어가기 시작했다.

격체전력(隔體傳力)의 수법.

그 광경을 바라보던 광진이 나지막한 탄성을 흘렸다.

'대단한 기운이다! 놀랍구나. 저만한 내공을 여태껏 감추고 있었단 말인가? 아까 그의 몸을 살폈을 땐 전혀 감지할 수 없었는데…….'

시간이 얼마나 지났을까.

동혈 내부를 대낮처럼 환히 밝히던 빛은 차츰 그 기세를 잃더니, 종내 자취를 감췄다.

천공은 가만히 숨기를 고른 후 눈을 뜨고 서둘러 단희연의 맥문을 짚어 보았다.

"아, 성공입니다! 드디어 기혈이 제 흐름을 되찾았습니다!"

반색한 그의 외침이 메아리처럼 울렸다.

광진은 얼른 곁으로 가 허리춤 주머니 속에서 금창약(金瘡藥)을 꺼내 단희연이 입은 상처 위에 골고루 펴 발라 주었다. 뒤이어 그녀를 진맥해 보고는 혀를 내둘렀다.

"허어, 그녀의 하단전에 자리 잡은 힘이 몇 배나 증가되었소. 도대체 무슨 조화를 부린 것이오?"

"제가 쓰지 않는, 아니…… 당장 쓸 수 없는 잠재된 내공을 전한 것뿐입니다."

방금 천공이 격체전력을 이용해 건넨 힘은 바로 대환단이 만든 내기의 응어리였다.

'사조님의 안배 덕분에 한 여인의 목숨을 구했습니다. 정말 감사합니다.'

"내기의 응어리는 앞으로 어떻게 되는 것입니까?"

"위축된 기로가 완전히 열릴 때까지 하단전에 자리를 잡고 때를 기다릴 것이다. 예전의 힘을 되찾는 것으로 만족한다면 다른 좋은 일에 써도 되느니라."

"예? 내기의 응어리를 타인에게 전해 줄 수도 있다는 말씀이십니까?"

"물론이다. 왠지 너라면 그리할 것 같구나."

현담과 나누었던 대화. 드디어 오늘, 그 현담의 예감이 정확히 들어맞았다.

단희연은 아무것도 모른 채 여전히 깊은 잠에 빠진 상태였다. 혈색을 되찾은 그녀의 얼굴은 그 어느 때보다 편안해 보였다.

나중에 정신을 차리고 제 몸에 일어난 놀라운 변화를 알게 된다면 과연 어떤 반응을 보일까? 무림제일의 영약이라 일컫는 소림사 대환단의 힘을 얻었으니 절세 기연이나 다름 아닐진대…….

단희연의 내공 수위는 이제 귀검성 십대고수를 벗어나 더 높은 단계에 이르렀다.

장차 큰 깨달음을 얻는다면 한때 간절히 소망했던 강호 최고의 여검수도 그리 먼 이야기만은 아니리라. 묘연하다고 여긴 그 꿈이 그녀 자신도 모르는 새 그야말로 기적처럼 선명한 형태로 다가오고 있었다.

한시름을 던 천공이 홀가분한 얼굴로 말했다.

"광진 스님, 약속대로 제 사연을 밝히도록 하겠습니다."

"그전에 하나 묻고자 하오."

"무엇입니까?"

"앞서 스님의 몸을 살폈을 때 내부에 깃든 거대한 마혼(魔魂)의 존재를 느꼈소. 혹시 그것이 스님을 괴롭히고 있는 건 아니오?"

"어, 어찌 아셨습니까?"

"그 정도 기감도 없이 어찌 불존의 뜻 아래 멸마의 길을 걸어 나갈 수 있겠소."

듣고 있던 천마존이 피식 웃음을 흘렸다.

[훗, 괴롭히고 있다면 네놈이 어쩔 거냐?]

광진이 금강저를 어루만지며 더없이 진중한 목소리를 내뱉었다.

"난 과거 고려(高麗)의 별무 승군 조직인 항마군을 이끌던 승장(僧將)이오. 천공 스님이 원한다면…… 항마군의 비전 밀술을 사용해 여기서 그 마혼을 잠재워 버리겠소!"

천마존이 속으로 화들짝 놀랐다.

'뭣이……! 날 잠재워? 무슨 뜻이지?'

천공도 놀라움과 함께 몸통을 빠르게 관류하는 한 줄기
전율을 느꼈다.

"광진 스님! 그게 가능합니까?"

"물론이오. 장담컨대 비전 밀술의 묘용은 아마 천공 스
님이 생각하는 이상일 것이외다."

비전 밀술, 즉 밀종(密宗)의 법술.

밀종이란 다름 아닌 비밀 불교 종파를 뜻함이었다. 달
리 밀교라 칭하기도 하는데, 여느 불문에선 가르치지 않
는 신비로운 주법과 무공을 계승하며 대일여래(大日如來)
를 본존으로 섬겼다.

"그렇다면 제 몸에 들어앉은 혼령을 멸할 수……."

"잠깐만. 우리 이야기를 마혼이 들을 테니 일단 차단하
는 것이 좋겠소."

광진은 그 말과 함께 허리에 걸린 두루주머니에서 뭔가
를 꺼냈다. 다름 아닌 붉은 부적이었다.

심상치 않은 기운을 느낀 천마존이 발끈해 외쳤다.

[저 빌어먹을 중놈이……! 한낱 부적 따위로 본좌와 이
어진 영적 교감을 끊는다고? 흥! 어림없다. 천공, 네 녀
석도 괜한 기대는 버려라!]

도합 세 장의 부적을 손에 쥔 광진이 읊조리듯 말했다.

"꽤 고통스러울 것이니 아무쪼록 평상심을 유지하시오. 불경이나 심법의 구결을 외는 것도 좋은 방법일 거요."

그는 부적 두 장을 천공의 정수리와 가슴에 붙이더니 나머지 한 장은 바닥에 펼쳐 놓고 그 위에 금강저를 꽂았다.

이내 입술을 비집고 흘러나오는 뜻을 알 수 없는 주문. 그러자 각 부적으로부터 불그스름한 아지랑이가 모락모락 피어올랐다.

'으윽!'

천공은 어금니를 꽉 깨물며 가까스로 통성을 삼켰다. 주문에 반응한 부적이 상단전과 중단전을 통해 체내로 작은 파장을 퍼뜨리며 저릿한 통증을 안긴 까닭이었다. 흡사 뼈와 살을 둔탁한 무언가로 세게 두드리는 듯한 느낌이었다.

"심기가 흔들리면 곤란하오."

광진의 목소리에 천공은 눈을 감은 채 호흡을 고르며 정신을 집중했다.

[이런 괘씸한……! 너희 땡추들 뜻대로 될 성싶으냐? 어디 할 수 있으면 해 봐라! 천공, 내 전성 때문에 정신을 집중하기가 힘들지? 계속 떠들며 괴롭혀 줄 테니 혹여 주화입마에 들지나 마라!]

성난 천마존이 연신 고함을 지르는 가운데 천공의 얼굴은 금세 굵은 땀방울로 뒤덮였다. 안색 또한 금방이라도 터져 나갈 것처럼 시뻘겋게 달아올라 있었다.

[놈! 주화입마가 무섭거든 어서 부적을 떼라! 그때 가서 후회해도 소용없느니라!]

말은 그렇게 해도 내심 천공이 주화입마에 빠지는 것은 아닌지 자못 신경이 쓰였다. 하지만 이대로 별 탈 없이 영적 교감을 차단당하면 두 사람이 주고받을 대화를 듣지 못하게 되므로 방해를 그치지 않았다.

무엇보다 자신을 잠재워 버리겠다던 광진의 말이 거슬려 이대로 순순히 물러날 수 없었다. 그 숨은 뜻이 뭔지 반드시 알고 싶었다.

그렇게 반 각 정도 지났을 때.

천공은 어언간 자신의 뇌리를 울리던 천마존의 전성이 희미해지고 있음을 깨달았다.

마침내 광진의 주문이 끝나자 천마존의 시끄러운 전성은 완전히 사라졌고, 머리와 가슴을 괴롭히던 통증도 말끔히 걷혔다.

"이제 됐소. 그 마혼은 앞으로 반 시진 남짓 동안 천공 스님의 눈과 귀를 통해 보거나 들을 수 없을 것이오."

천공이 감탄 섞인 목소리로 물었다.

"이것도 밀종의 법술 중 하나입니까?"

광진이 수염을 쓰다듬으며 고개를 끄덕거렸다.

"그렇소. 항마군 승장 출신은 모두 비전 밀술을 터득했다오. 사실 밀종의 힘은 항마군을 지탱한 근간이었소. 지금은 고려가 망하고 조선(朝鮮)으로 국호가 바뀌면서 불문을 억압하는 조정에 의해 강제 해산되고 말았지만……."

"말로만 듣던 밀종의 힘을 계승한 분을 뵙는 건 오늘이 처음입니다. 기실 이 나라는 오래전부터 밀종이 유명무실해져 그 승도(僧徒)를 찾아보기가 힘들지요. 예전 사부님 말씀에 의하면, 그들 대부분이 음지로 숨어 버렸다고 하셨습니다."

과거 천축(天竺: 인도)에서 발원한 밀종은 주변 나라들로 퍼져 각자 독자적인 발전과 형태를 보였는데, 현재 중원에선 거의 명맥이 끊기다시피 한 상태였다.

그렇게 된 결정적인 사건이 바로 원(元) 제국 말기 좌도밀교(左道密教)의 탄생이었다.

정통 밀종으로부터 분파하며 변질된 좌도밀교는 남녀의 육체 교합과 서른여섯 번의 살인을 통해 성불이 가능하다는 사악한 설법을 전파해 혹세무민을 일삼았고, 결국 새로이 들어선 명(明) 황조의 관군에 의해 완전히 섬멸되었다. 그와 더불어 정통 밀종까지 이단 종파로 몰려 핍박을 당하며 결국 쇠퇴의 길을 걷고 만 것이다.

광진이 한 말로 미루어 볼 때, 그쪽 밀종의 실정도 이젠 중원과 별반 다를 바 없는 듯싶었다.

"빈승을 비롯한 승장들은 본시 밀종의 승이 아니오. 하나 군의 초대 승장께서 밀종의 법사이셨기에 그분의 배려로 자연스레 후대 승장들이 그 힘을 배우고 계승하게 됐던 거요."

"음, 그런 사연이 있었군요."

"밀종은 저마다 특성이 다르오. 중원이나 서장, 바다 건너 일본의 폐쇄적인 밀종과 달리 고려 밀종은 오래전부터 진언의 적극적 실천을 우선시해 백민을 구제하고 역병을 막고 전쟁을 방지하는 데 목적을 두고 활동을 해 왔소. 때문에 그 점을 높이 산 왕실이 항마군을 창설하며 제일 먼저 밀종에 협력을 요청했던 것이라오."

"단순히 외세 침입만을 막기 위해 설치된 군대가 아니었군요?"

"그렇소. 인세가 도탄에 빠지지 않도록 돕는 것이 바로 항마군의 설립 취지였소. 그 연장선에서 마도를 추구하는 나쁜 무리와 그것을 섬기는 무리를 멸하는 것 또한 항마군의 중대한 소임이었고……."

말꼬리를 흐리는 광진. 새삼 회한이 밀려오는 듯 수염 덮인 입술을 지그시 감쳐물었다.

'그들도…… 우리 항마조와 추구하는 길이 같았구나.'

천공은 왜 군에 '항마'란 두 글자가 붙은 것인지 비로소 납득이 갔다.

또한 광진이 느끼고 있을 복잡한 감정도 충분히 헤아렸다.

'자의가 아닌 타의에 의해 해체되는 바람에 지금도 상심이 클 테지.'

충심을 바친 나라는 망했고, 큰 뜻을 품고 몸담았던 항마군은 새 왕조의 강압에 의해 와해되고 말았다.

그 박탈감, 허탈함을 과연 어떤 말로 표현할 수 있을까.

천공이 처한 상황과 꼭 닮았다. 그 역시도 몸과 마음을 바치고자 했던 항마조가 멸진을 당했고, 원치 않은 파문을 당한 채 소실한 무력을 되찾고자 이렇듯 중원을 떠도는 중이었으니까.

"비록 항마군은 해체되었지만 명색이 승장 출신으로서 죽기 전까지 그 소임을 다할 생각이외다."

광진의 눈동자는 어느새 회한의 빛을 지우고 열망의 빛

을 머금고 있었다.

"절 굳이 도우시려는 것도 그러한 까닭이군요."

"물론이외다. 멸마의 대업을 행함에 국적, 국경 따위의 구분이 다 무어란 말이요. 마는 그 자체로 모든 세상에 해악일지니."

"광진 스님, 그냥 편히 하대하십시오. 저보다 한참 어른이신데."

"흠, 그래도 괜찮겠소?"

천공은 흔쾌히 고개를 끄덕거린 후 물었다.

"그 땅엔 이제 마의 무리가 완전히 사라진 것입니까?"

"내가 이렇듯 본토를 떠나 중원을 떠돌고 있는 이유가 무엇인지 궁금하다, 이 뜻이로구먼."

"예."

"결론부터 말하자면, 아닐세. 항마군이 갑작스레 해체된 탓에 황해마문(黃海魔門)이란 세력이 아직도 완전히 뿌리 뽑히지 않았네. 현재 항마군 출신 승장들이 뜻을 모아 본토 어딘가에 숨어 있을 그들을 은밀히 추적 중에 있지."

"한데 그분들과 함께하지 않으시고 어찌 이곳으로……?"

"고려 왕실에서 내게 하사한 불문 신병(神兵)을 되찾기 위함이라네. 업화신검(業火神劍)이라 부르는 칼이지."

"업화신검이라……. 그렇다면 그 칼이 업화의 힘을 발휘한다는 것입니까?"

천공의 물음. 업화란 중생이 과거에 쌓은 악업의 갚음으로 받는 지옥의 맹화(猛火)를 의미했다.

"칼날이 만들어 낸 불길로 만마(萬魔)를 태워 없앨 수 있다는 절세 신검일세. 반년 전 항마군 출신 승장 한 명이 날 배신하고 업화신검을 훔쳐 중원으로 도망을 쳤는데, 그 행적을 뒤쫓다 보니 어느덧 신비괴림까지 오게 되었네. 장차 황해마문을 멸하려면 그 업화신검의 힘이 반드시 필요하니까."

"그렇군요. 꼭 찾으시길 바랍니다."

"자, 더 미루지 말고 묻고 싶은 것을 물어보게."

그 소리에 천공의 눈동자가 묘한 기대감을 품었다.

"앞서 제 몸에 깃든 마혼을 잠재워 버리겠다고 말씀하셨지요? 그것은 곧…… 완전히 멸할 수 있다는 뜻입니까?"

"그건 아닐세. 하나 그 마혼이 함부로 설치지 못하게 봉인할 수는 있다네."

천공은 순간 가슴이 뻥 뚫리는 듯한 기분이었다. 당장 천마존의 영혼을 멸하진 못해도 강제적으로 깊은 잠에 들게 만들어 버린다면 버거운 짐 하나를 더는 셈이었으니까.

한편, 영적 교감을 차단당해 볼 수도, 들을 수도 없게 된 천마존은 불같이 성을 내고 있었다. 물론 천공 역시 그 소리를 들을 수는 없었다.

바닥의 부적에 꽂힌 금강저가 부르르 떨림을 발하자 광진이 희미한 미소를 그렸다.

"훗, 지금 그 마혼이 심계에 갇혀 마구 발광을 하고 있는 모양이네. 한데 그 정체가 무엇인지 궁금하군."

"천마교의 교주, 천마존 섭패입니다."

"무어라? 천마교라면 중원 너머 서역의 마도 세력이 아닌가! 흐음, 소림사와 마찬가지로 천마교에 대해서도 내 언젠가 들어 본 적이 있네."

"사실 소림 제자인 제가 마공을 익히게 된 연유도 바로 천마교 때문입니다."

"마(魔)는 마(魔)로서 제압한다. 내 짐작이 맞나?"

"예. 과연 눈치가 빠르시군요. 스님께서 숨은 사연을 가르쳐 주셨으니 저도 그와 관련한 이야기를 솔직히 말씀드리겠습니다."

그러자 광진이 단호히 고개를 가로저었다.

"됐네. 굳이 듣고 싶지 않아. 아까 내게 그리 말했잖은 가. 불공과 마공을 동시에 익힌 것도, 파문을 당하게 된 것도 절대 발설해선 안 되는 비밀을 밝힌 것이라고⋯⋯. 그냥 조용히 가슴에 묻어 두게."

"그렇지만⋯⋯."

"천공, 그대가 진솔한 불자 출신임을 확인한 것만으로 족하네. 차후 인연이 또 닿으면 그때 이야기해 주게나."

광진의 배려에 천공은 두 손을 모으며 감사를 표했다.

"그나저나 천마교 교주쯤 되는 자라면 그 마공의 깊이가 보통이 아닐 터. 섣불리 비전 밀술을 시전했다가 자칫 낭패를 당할 수도 있으니 만전을 기하는 게 좋지 않겠나?"

"지당하신 말씀입니다."

"그러려면 열흘 정도 기다려야 할 것이네. 나도 힘을 보충할 필요가 있으니까. 괜찮은가?"

이에 천공이 결연한 목소리로 말했다.

"물론입니다. 천마존의 영혼을 봉인할 수만 있다면 그 이상이 걸려도 상관없습니다. 제게 있어 기연이나 다름 아닌 기회이니까요."

광진의 눈동자가 문득 무겁게 가라앉았다.

"내가 밀종의 법술을 베푸는 순간 엄청난 고통이 따를 것이네. 앞서 느낀 고통과는 비교조차 안 될 정도로 괴로울 것이야. 부디 각오를 굳게 다지게. 그리고……."

"말씀하십시오."

"자넨 일전을 준비해야 하네."

"예?"

"그 마혼을 완벽히 봉인하려면 천마존과 자네가 심계에서 대면해 싸움을 벌여야 한다는 뜻이야."

미처 예상치 못한 말.

두 사람 사이에 잠시간 정적이 흘렀다. 그러다가 천공이 입을 열었다.

"하오나 저는 주요 기로가 위축되어 예전의 힘을 되찾지 못한 상태입니다."

"내가 각성시켜 주겠네."

일순 천공의 눈이 휘둥그레졌다.

"각성……?"

"위축된 기로를 강제적으로 열어 힘을 쌓게 만든 후 심계에서 천마존과 대면하게 만들 것이네. 그럼 자네는 전력을 다해 싸워 천마존이 힘을 최대한 소진토록 만들게."

"......!"

"그렇게 그가 지쳤을 때 즈음, 비전 밀술을 시전해 영혼을 완전히 봉해 버릴 테니까. 자네 역할이 아주 중요하네."

천공은 전신의 털이 곤두서는 전율을 느꼈다.

"제가 힘을 어느 정도 수준까지 회복할 수 있습니까? 절반 이상만 회복해도 해 볼 만할 것입니다!"

"글쎄, 정상적인 각성이 아닌, 강제적으로 기로를 여는 편법이라 쉬이 가늠하긴 힘드네. 기로를 활짝 열 수 있을지도 장담할 수 없고……. 전적으로 자네 오성에 달렸지."

"명심하겠습니다."

대답하는 천공의 음성이 가볍게 떨렸다.

'하늘이 날 돕는 건가? 흑선을 만나기 전에 기로를 열 수 있으리라곤 생각지도 않았는데…….'

"천마존과 싸우다가 도저히 버티지 못 버틸 것 같으면 그 즉시 내게 신호를 보내게. 그 방법은 나중에 따로 가르쳐 줄 터이니. 만약 심계의 겨룸에서 큰 화를 입게 되면 돌이킬 수 없네."

그게 무슨 뜻인지 천공도 잘 알았다.

"자칫하면 제 영혼은 저승으로 향하고, 천마존이 육신

을 차지하게 되겠군요."

광진이 머리를 끄덕이며 왼손의 염주를 굴렸다.

"영혼 대 영혼으로 마주하는 것이니 아무쪼록 신중히
임하게."

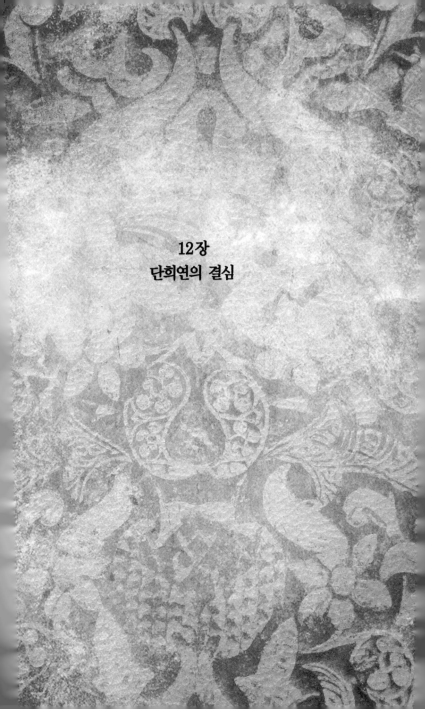

12장
단희연의 결심

소낙비가 그친 숲 위로 까맣게 펼쳐진 밤하늘.

천공은 동혈 벽에 등을 기대고 앉아 모닥불을 물끄러미 바라보았다.

'천마존은 현재 공력을 얼마큼 회복한 걸까?'

새삼스레 심장이 미약한 고동을 쳤다. 장차 천마존과 대면하게 되리란 생각이 들자 흉중으로 기대감과 불안감이 교차하고 있는 것이었다.

'내 심법을 아직 깨뜨리지 못한 것으로 보아 삼분지 이 이상 되찾은 건 아님이 분명한데…… 절반인 육성? 아니면 칠성? 일단 육성, 칠성 수위라 치고…… 그런 늙은 마귀와 맞서려면 나도 최소한 오성 수위에 도달해야 제대

로 맞상대할 수 있을 테지. 후우, 실로 오랜만에 느끼는 긴장감이구나.'

그때, 뇌리로 천마존의 전성이 울렸다.

[날 잠재워 버리겠다던 놈이 도로 자빠져 자고 있군. 크큭, 한심한…….]

말은 그렇게 해도 속으론 아직까지 멀쩡한 것에 대해 크게 안도하는 중이었다.

사실 영적 교감이 차단됐을 땐 광진이 정말로 자신을 멸해 버릴지도 모른단 불안감에 젖기도 했다. 솔직히 두 번 다시 경험하고 싶지 않은 일이었다.

[항마군 비전 밀술이 어쩌고저쩌고 당차게 지껄이더니, 결국 허세에 불과했어. 천공, 네놈도 그땐 잠시나마 기대에 부풀었겠지? 애초에 저런 망국의 땡추를 믿은 게 실수였느니라. 우후훗.]

천공은 대꾸하지 않고 시선을 옮겨 모닥불 너머 바닥에 누운 광진을 살폈다. 진짜 잠이 든 것인지, 그냥 눈만 감고 있는 것인지 알 수는 없었다. 그러다가 이내 옆쪽 자리에 누워 잠든 단희연에게로 고개를 돌렸다.

불빛이 얼비친 단희연의 얼굴은 무척이나 신비롭고 아름다웠다.

'만약 선녀가 존재한다면…… 저런 모습일지도 몰라.'

절세가인이란 표현도 모자랄 만큼 사람 넋을 빼놓기에
충분한 미모였다.

객잔에서 그녀를 처음 봤을 땐 단순히 예쁘다는 느낌이
전부였다. 그런데 보면 볼수록 형언하기 힘든 매력을 풍
겨 이젠 그 얼굴을 접하는 순간 마치 온몸의 신경을 빼앗
기는 듯한 기분마저 들었다.

'단 소저처럼 심성이 올곧은 사람이 어쩌다가 귀검성
같은 세력에 적을 두게 됐을까?'

"성주의 사주를 받은 것 같아요. 날 죽이고 나면 본 성
고수들을 호출해 당신까지 죽이려 들 거예요."

단희연의 말을 떠올린 천공은 안타깝다는 눈빛을 흘렸
다.

'귀검성주도 한심하구나. 저러한 인물을 곁에 두는 것
이 오히려 사파에 대한 편견을 불식시키고 귀검성과 자신
의 명성을 드높이는 데 도움이 됐을 텐데……. 그녀도 아
마 이런 식으로 버림받게 될 줄은 예상 못했겠지?'

이런 걸 보면 강호란 참 낭만이 넘치는 듯싶어도 때론
무섭도록 비정한 곳이란 생각이 들었다.

[천공, 괜한 시간 낭비하지 말고 날이 밝거든 흑선이나

찾아 떠나라.]

"왜?"

[왜라니?]

"흑선에게로 향하는 발길이 늦어지면 늦어질수록 네겐 좋은 일 아닌가?"

[크큭, 그야 그렇지.]

"전부터 뭔가 낌새가 수상했는데, 넌 마치 내가 흑선을 찾길 바라고 있는 듯하단 말이지."

천마존은 정곡을 찔렸지만 시치미를 뚝 뗐다.

[무슨 헛소리냐? 전에도 말했지만, 난 그저 네놈이 신비괴림 안에서 흑선을 찾으려고 돌아다니다가 절명의 위기를 맞길 바랄 뿐이니라. 그래야 그 몸뚱이를 다룰 기회를 잡게 될 테니까.]

일순 천공의 두 눈이 예리한 빛을 뿜었다.

"아니, 분명 다른 꿍꿍이가 있는 것이 분명하다. 그것이 무언지는 아직 알 수 없지만."

[흥, 맘대로 생각해라. 아무튼 넌 스스로 뒈지기 전까지 날 벗어날 수 없다. 저 봐라. 망국의 땡추 새끼도 호기롭게 떠들어 대더니 결국 날 잠재우지 못했잖으냐. 그게 가능했다면 벌써 실행했을 테지.]

천공은 나지막한 한숨과 함께 읊조리듯 물었다.

"천마교에 대한 미련을 버리기가 그렇게 힘든가?"

[망할 새끼, 너라면 쉬이 포기할 수 있을까? 소림사가 하루아침에 망했다고 생각해 봐라!]

"무례하군. 본사를 패악한 천마교와 비교하다니……."

[너희 소림 중놈들은 참 미련해. 그만한 힘을 보유하고도 산사에 틀어박힌 채 염불이나 외며 아까운 세월을 허비하고 있으니 말이다. 내가 만약 소림사 장문 방장이었다면 당장에 강호를 휩쓸고 다니며 패권을 거머쥐었을 것이야.]

"너처럼 마심에 젖은 마인이 본사의 숭고한 정신을 이해할 리 없지."

[숭고한 정신은 개뿔……! 무공은 강해지기 위해 배우는 것이고, 또 상대를 깨부수기 위해 배우는 것이다. 싸우고 죽이는 데에 정도, 사도, 마도의 구분이 다 무슨 소용이냐? 어쭙잖은 말장난일 뿐!]

"무공은 자기 내면을 엄히 다스리고, 또 약한 사람을 위하고 지키는 것에 그 뜻을 두어야 마땅하다. 모름지기 힘엔 책임이 따르는 법. 네가 말하는 건 참된 무의 길이 아니야. 피가 피를 부르는, 오로지 군림을 위한 폭력이지."

[자신보다 약한 사람을 위하고 지켜? 돼먹지 않은 설

교는 집어치워라. 그러다가 뒈지면 그것만큼 억울한 일이
또 있으랴! 약자는 단지 강자 앞에 고개를 조아리고 따르
기만 하면 된다. 목숨을 부지하는 현명한 방법이지. 그게
싫다면 죽자 사자 노력해 그 누구도 자신을 깔보지 못하
게끔 강해지는 수밖에……. 크흐흣.]

"도저히 말이 안 통하는군."

[시끄럽고, 힘을 되찾아 교를 복원하면 망할 소림사부
터 박살 내 버릴 테다. 나와 교도들이 당한 것 이상으로
대갚음할 것이니 기대해도 좋아.]

천공은 양손으로 관자놀이를 누르며 말했다.

"늙은 마귀, 너도 기대해."

[뭐?]

"조만간 서로에게 아주 흥미로운 상황이 벌어질 테니
까."

[놈! 그게 무슨 뜻이지?]

천마존이 다그쳤지만 천공은 벌러덩 누워 잠을 청하며
말을 아꼈다.

"열흘 정도 기다리면 알게 될 거다."

이튿날, 정오가 지난 무렵.

운기조식을 끝낸 천공은 바닥에 반듯하게 누운 단희연

옆으로 다가가 앉았다. 그녀는 편안한 얼굴로 여전히 깊은 잠에 빠져 있었다.

'땀이 많이 나는구나.'

동굴 내부 공기는 시원했지만 그녀의 이마엔 연신 구슬 같은 땀방울이 송골송골 맺혀 흘렀다. 대환단의 기운에 의해 하단전이 팽창하며 체내로부터 열을 발생시킨 까닭으로, 지극히 자연스러운 현상이었다.

천공은 작은 수건을 꺼내 이마의 땀을 닦아 주며 그 얼굴을 유심히 살폈다.

까맣고 긴 속눈썹에 복숭아 같은 뺨, 탐스러운 열매인 듯 붉게 물든 도톰한 입술.

너무나 아름답다.

마치 현세의 존재가 아닌 듯했다.

천공은 자신도 모르게 시선이 몽롱해졌다. 가까이에서 들리는 그녀의 숨소리가 흡사 감미로운 노래처럼 귓전에 감겨들었다.

별안간 천마존이 소성을 발하며 말했다.

[크흐흣. 왜? 그 계집을 계속 보고 있자니 홀러덩 벗겨 따먹고 싶은 욕심이 생기느냐?]

천공의 미간이 살짝 씰그러졌다.

"제발 나잇값 좀 해."

[네놈을 통해 나도 간만에 젊은 여자 속살 맛이나 좀 보자! 육감적인 몸매에 얼굴까지 예쁘니 금상첨화가 따로 없잖으냐. 천지를 다 뒤져도 저만한 년은 다시 찾기 힘들 것이야. 으흐흐흐…….]

천공은 전성을 무시한 채 동굴 밖을 힐금 보았다.

'허기가 지는구나. 오실 때가 됐는데…….'

현재 이곳에 없는 광진을 기다리는 것이었다.

광진은 날이 밝자마자 객잔에 두고 온 자신과 천공의 짐을 가지러 길을 떠났다. 이곳에서 지내려면 그 짐 속에 든 식량이 필요했기 때문이다. 어젠 경황이 없어 그것까지 미처 생각을 못했다.

천공은 흠뻑 젖은 수건을 쥐어짜 한옆에 펼쳐 말린 후 자신의 앞머리를 쓸어 넘겼다. 지난 일 년여 동안 머리카락이 길며 새로 생긴 버릇이었다.

'삭발하고 지낼 때가 여러모로 편했는데.'

당장 맘 같아선 빡빡 밀고 싶었지만, 힘을 되찾아 소림사로 돌아가기 전까진 사람들 눈에 무승으로 비치는 일을 피해야 했다.

조용히 일어선 천공이 동굴 입구를 향해 몇 발짝인가 걸었을 때, 돌연 단희연이 나지막한 소리를 냈다.

"으음……."

천공은 얼른 그녀 옆에 다시 자리하며 물었다.

"단 소저, 정신이 듭니까?"

아무런 대답이 없었다. 두 눈도 그대로 꼭 감긴 채였다. 방금 전 소리는 아무래도 무의식중에 보인 반응인 듯싶었다.

그는 동굴 바닥의 움푹 꺼진 곳에 고여 있는 물에 수건을 적신 후 그녀의 얼굴을 닦아 주었다. 그러자 다시 반응을 보였다.

"단 소저, 내 말 들려요? 단 소저."

거듭된 부름에 비로소 속눈썹이 파르르 떨리더니 곧 눈까풀이 젖혀 올라가며 초점 흐릿한 동공이 그 모습을 드러냈다.

"단 소저, 드디어 깼군요. 내가 보입니까?"

단희연은 눈을 몇 번 깜빡거리더니 천공의 얼굴을 물끄러미 응시하며 물었다.

"여긴…… 어디죠?"

"신비괴림 내에 있는 한 동굴입니다."

그녀는 누운 채로 머리를 좌우로 움직여 눈으로 내부를 훑고는 다시 물었다.

"나 지금 살아 있는 것 맞죠?"

"물론입니다. 생명엔 지장 없어요. 외상을 통해 독기가 침투한 탓에 거의 하루 동안 기절했던 것뿐입니다."

"아……! 귀견들이 독성을 가지고 있었나요? 어쩐지 그때 눈이 따끔거리고 정신이 혼미하더라니……."

천공은 절백잠독에 대해 가르쳐 준 다음, 점잖게 타이르듯 일렀다.

"금창약을 발라 놓긴 했으나 통증이 상당할 겁니다. 다 아물기 전까지는 운신을 삼가도록 해요."

단희연은 누운 자세에서 고개만 살짝 들어 자신의 옆구리를 보았다. 뒤이어 종아리 상처도 살피기 위해 다리를 안쪽으로 접어 올렸다. 그 바람에 치맛자락이 뽀얀 허벅다리 위쪽으로 휘말려 속옷 일부가 수줍게 드러나고 말았다.

'엇!'

천공은 화들짝 놀라 눈길을 돌렸고, 단희연도 자신의 실수를 깨닫고 황급히 다리를 내리며 치마를 덮었다.

둘 다 얼굴이 시뻘게진 반면, 천마존은 흡족하다는 듯 소성을 터뜨렸다.

[크하하하! 남자를 유혹할 줄 아는 음탕한 계집이구먼.]

단희연은 민망했지만 특유의 냉랭한 표정을 유지했다.

"……봤어요?"

어쩔 줄 몰라 하는 표정으로 고개를 빠르게 가로젓는
천공이었다.

단희연은 아미를 찌푸리며 입술을 살짝 깨물었다.

'저 표정……! 봤어. 분명히 본 거야. 아, 진짜…….'

그녀는 창피스러워 그 자리에서 없어져 버리고 싶었다.
하지만 곧 마음을 가다듬고 짐짓 차분하게 말했다.

"이상한 여자라 여기지 마요. 실수였으니까."

"아, 아무것도 못 봤습니다."

"날 배려한답시고 거짓말할 필요 없어요. 뭐, 이미 본
걸 어쩌겠어요. 본다고 닳는 것도 아니고……. 어차피 내
실수잖아요."

"예?"

천공이 두 눈을 동그랗게 뜨자 단희연은 재차 부끄러움
이 일었다.

'어머, 내가 너무 당차게 나갔나? 되레 날 그렇고 그
런 여자로 여기는 것 아냐? 어휴…….'

제 딴엔 분위기를 수습한다고 내뱉은 말인데.

이럴 때 가장 좋은 방법은 화제를 돌리는 것이었다.

"참, 그 무지막지한 승려는 어찌 됐나요? 승 소협과
동방 공자도 안 보이네요?"

천공도 기다렸다는 듯이 말을 받아 단희연이 기절한 이

후의 상황을 설명했다. 그 이야기를 듣고 있던 그녀의 낯빛이 어느 순간 경악으로 물들었다.

"네? 대, 대환단?"

"예. 현재 소저의 하단전엔 그 대환단의 힘이 고스란히 녹아들어 있는 상태입니다."

잠시간 천공의 얼굴을 멍하니 바라보던 단희연은 즉각 누운 채로 운기를 행했다. 그러자 하단전의 크기가 이전과 비교할 수 없을 정도로 확장되었고, 또 엄청난 기운이 그에 자리 잡았음이 확연히 느껴졌다.

'세상에, 이게 도대체……'

큰 파문을 일으키는 맑은 눈동자.

정신을 잃었다가 깨어나 보니 일신의 내공이 진일보를 이뤘다.

정말 말도 안 되는 일이 벌어진 것이다.

천공은 쉽사리 말문을 열지 못하는 단희연을 향해 조언을 건넸다.

"짐작컨대 소저는 세, 잠맥을 이삼 할 정도 뚫은 상태일 겁니다. 하나 앞으로 연공을 멈추지 않고 노력해 큰 깨달음을 얻는다면 대환단이 선사한 내공으로 말미암아 사 할 이상 타통할 수도 있을 겁니다."

놀란 단희연이 다친 옆구리를 움키며 벌떡 일어나 앉

았다.

"사 할……!"

욱신거리는 통증을 뒤덮는 짜릿한 전율이 척추를 타고 정수리로 솟구쳤다.

'사 할 이상? 그, 그게 가능하다고?'

현 무림 최고수들인 십대무신조차 세, 잠맥을 오 할 정도밖에 타통하지 못했다고 전하잖은가. 즉, 사 할 이상의 타통은 거의 십대무신 말석에 육박하는 경지나 다름 아니었다.

만약 그렇게 된다면 강호 최고 여검수 자리에 오르는 것도 요원한 꿈만은 아닐 터. 그런 생각이 들자 흥분에 휩싸인 작은 심장이 격한 풀무질을 해 대기 시작했다.

별안간 천공이 낯빛을 고치며 의미심장한 목소리를 흘렸다.

"때가 되었군요. 이제 소저가 가장 궁금하게 여기고 있을 내 사연에 대해 소상히 털어놓도록 하지요."

사문과 법명을 밝히며 운을 뗀 천공의 긴 이야기는 일각을 훌쩍 넘겨 끝이 났고, 덕분에 단희연은 비로소 일련의 모든 사정이 이해가 됐다.

'원, 세상에……. 막상 듣고 나니 놀라운 사실이 한두 가지가 아니구나. 소림사와 관련이 있을 줄은 상상조차

못했어.'

그가 대환단이 만든 내기의 응어리를 지니고 있던 이유, 본 신분을 쉽사리 밝히지 못한 이유, 이름 모를 마공과 천마교의 오랜 유산인 천마신공을 한 몸에 지녀 번갈아 구사하던 이유 등등 여러 의문을 전부 해소할 수 있었다.

십 년 묵은 체증이 내려가듯 속이 시원한 기분. 그러나 다른 한편으론 뒤숭숭한 마음도 있었다.

단희연은 잠시 침묵을 지키다가 낮은 음성으로 물었다.

"그러면 천마존의 영혼은 지금 이 순간에도 천 소협이 보고 듣는 것을 모조리 공유하고 있는 건가요?"

천공이 고개를 끄덕거리며 손가락으로 자신의 머리를 가리켰다.

"심계에 자리를 잡은 채 호시탐탐 육신을 빼앗아 부활할 기회를 엿보고 있지요."

"못된 귀신에 씐 것이나 마찬가지로군요. 그렇게 생각하니 왠지 으스스하네요. 어때요, 견딜 만해요?"

"아직까진 괜찮습니다. 심법의 묘용을 삼분지 이 이상 발휘할 수 있으니까요. 달리 말하면, 천마존이 본 심법을 마음대로 뒤흔들 정도로 힘을 회복하지 못했다는 뜻이지요. 하지만 심법이 완전한 수준에 이르지 못한 상태에서 천마존이 먼저 극성 공력을 되찾게 된다면 상황이 어떻게 될지 장담하기 힘듭니다. 최악의 경우…….”

그가 말끝을 움츠러뜨렸지만 단희연은 그 뒷말을 능히 짐작할 수 있었다.

‘최악의 경우, 천마존의 부활을 막기 위해 스스로 죽음을 선택할 수도 있다는 건가? 흐음, 과연 대소림의 제자답구나.’

대의를 위한 제 목숨의 희생.

자신을 돌보지 않는 정도의 실현.

세속적 욕망에 길들여진 범인은 감히 흉내도 내지 못할 마음가짐이었다.

“한데…… 나한테 이렇듯 다 털어놓아도 괜찮아요?”

“약속했으니까요.”

“날 믿어요?”

“그러는 소저는…… 날 믿지 않습니까?”

천공의 반문에 단희연은 냉큼 고개를 가로저었다.

“아뇨, 믿어요. 이런저런 사연을 떠나 날 구해 준 것만 보더라도……. 참, 동방 공자는 둘째 치고, 승 소협에 대해선 너무 걱정하지 말아요. 그는 기실 천 소협 못지않게 강호 대의를 소중히 여기는, 올곧은 인물이니까요. 나중에 이 모든 사실을 알게 되더라도 함부로 발설하지 않을 거예요. 아니, 도리어 형, 아우하면서 지내자고 손을 내밀지도 모르겠네요. 승 소협은…… 그런 남자예요."

"어제 일을 통해 승 소협의 남다른 성품을 가늠할 수 있었습니다. 명색이 정파를 상징하는 개방의 후개인데, 내가 천마신공을 익힌 것을 보고도 그런 도량을 베풀기란 결코 쉽지 않았을 겁니다. 물론 휘도 그렇고……. 내 입장에선 둘 다 참으로 고맙지요."

천공의 입술에 희미한 미소가 어렸다. 아마 다른 사람들 같았으면 자신을 끝까지 의심하며 핍박했을 것이다. 하지만 승궁인과 동방휘는 달랐다. 그렇기에 둘을 향한 고마움이 더욱 특별했다.

단희연이 문득 동굴 입구 쪽으로 시선을 옮겼다.

"앞서 그 고려 항마군 출신이라는 광진 스님과 오해를 다 풀었다고 했죠? 그런데 광진 스님은 무슨 이유로 우리와 함께 이곳에 열흘 정도 머무를 계획인 거예요? 설마하니 내가 쾌차할 때까지 기다리려는 건 아닐 테고……."

"아, 그건……."

천공은 천마존이 엿듣고 있었기에 일부러 말을 아꼈다.

그때, 천마존이 짜증 섞인 전음을 발했다.

[망할! 너희 두 중놈, 도대체 무슨 꿍꿍이수작을 부리고 있는 거지? 왜, 그 땡추랑 논담하다가 부처의 특별한

계시라도 받았느냐?]

그는 어젯밤 서로에게 아주 흥미로운 상황이 벌어질 거라던 천공의 말이 내내 거슬린 터였다.

"허, 멍청한 질문 좀 그만해. 쉬이 말해 줄 것 같았으면 벌써 말했지."

"네……?"

단희연이 놀라 눈을 동그랗게 뜨자 천공이 황급히 손사래를 쳤다.

"미안해요. 소저에게 한 말이 아닙니다. 늙은 마귀가 자꾸 귀찮게 굴어서……."

"아, 그랬군요."

"광진 스님이 이곳에 머무르려는 이유에 대해선 나중에 기회를 봐서 설명토록 하지요. 이 늙은 마귀가 알게끔 하고 싶진 않으니까요."

단희연이 대답 대신 고갯짓을 보냈다.

[본좌를 잠재워 버리겠다는 헛된 희망을 아직 버리지 않은 모양이군. 훗, 어리석은……. 나 같으면 그런 사이비 땡추 말 따윈 무시하고 당장 흑선부터 만나러 갔을 것이다.]

천마존의 그 말에 천공의 눈동자가 이채를 담았다.

"말에서 은근슬쩍 본심이 드러나는군. 거 봐, 넌 역시 흑선을 만나 무언가 얻고자 하는 게 있음이 분명해."

[크흐흣. 놈, 멋대로 넘겨짚기는. 어디, 그 대갈통을 열심히 굴려 생각해 봐라. 그래 봤자 헛수고이겠지만.]

한편, 단희연은 대화하듯 중얼거리는 천공을 신기하단 표정으로 바라보았다.

'누가 보면 실성해 혼잣말하는 줄로 알겠어. 흠, 저렇듯 영혼과 대화하는 건 어떤 기분일까? 그것도 공포의 상징인 천마존의 영혼과……'

그때, 별안간 광진이 묵직한 봇짐을 들고 나타나 동굴 안으로 발을 들였다. 그와 눈이 마주친 단희연은 아픈 옆구리를 잡은 채 목례로 감사를 표했다.

광진은 두 사람에 곁에 자리하기가 무섭게 짐을 끌러 건량을 나눠 주었다.

"자네 짐은 예의 두 청년이 챙겨 갔다는군. 주인장에게 물어보니 우리가 떠나고 반 시진 남짓 뒤에 그들도 떠났다고 했네. 어제 일은 미안했다고 사과하고 싶었는데, 갈 때도 그렇고 올 때도 그렇고, 그들과 만나지 못했어."

"신비괴림 내 어딘가에 있을 겁니다. 자세한 사정은 모르나 따로 볼일이 있다고 했습니다. 어차피 후일 모처에서 만나기로 약속했으니, 두 사람이 그리로 오면 광진 스님을 대신해 사과의 말을 전하도록 하지요."

이윽고 허기를 채운 단희연은 고단한 표정으로 다시 동굴 바닥에 몸을 눕혔다. 곧이어 나지막하게 한숨을 쉬더니 두 눈을 지그시 감고 상념에 잠겼다.

천공이 슬그머니 전음을 보냈다.

[광진 스님, 나가시지요. 단 소저 혼자 조용히 생각할 시간을 주는 것이 좋을 듯싶습니다. 그녀는 사실 자신이 몸담은 곳으로부터 배신을 당했습니다. 게다가 아까 제 사연까지 알려 준 터라 머릿속이 무척 복잡할 겁니다.]

광진은 눈짓으로 화답한 후 천공과 함께 동굴 밖으로 향했다.

두 사람이 사라진 후, 단희연은 동굴 천장에서 이따금씩 떨어지는 물방울 소리를 들으며 새삼 비통에 잠겼다.

'이 비열한……! 어차피 죽일 생각이었다면 당신이 직접 오지그랬어?'

머릿속에 떠오르는 한 얼굴.

신검귀 구예였다.

애써 억눌러 둔 분노가 가슴속을 크게 휘저었다.

열여섯 살에 강호로 나와 오랜 시간 갈고닦은 멸혼회무검법으로 뜻을 펼 마땅한 둥지를 찾지 못하고 방황할 때, 구예는 유일하게 손을 내민 고마운 사람이었다.

비록 귀검성이란 둥지가 썩 내키지는 않았지만, 시간이

지날수록 구예의 편협한 품성에 적잖이 실망했지만, 그래도 궁곤한 삶을 벗어나게 만들어 준 은인이라 여기며 온갖 차별 대우를 꾹 참고 견뎌 왔다.

한데 어제 귀견옹 일로 인해 모든 것이 바뀌었다. 이런 식으로 토사구팽당할 것이라곤 예상도 못했는데……. 이젠 그나마 남아 있던 고마움과 일 푼의 충성심마저 완전히 사라져 버리고 말았다.

"정파 것들이 네가 멸절검모 이향금의 진전을 이었다는 이유로 괄시하며 문전박대했다는 소문을 들었다. 자, 어떠냐? 내 밑으로 들어오는 것이……. 난 그간 네가 만나 보았던 위선적인 무리와 다르다. 출신 내력 따위로 그 사람됨을 함부로 예단하지 않느니라. 인재를 등용함에 있어 두 가지 기준만 있을 뿐. 그것은 바로 인성과 실력이다. 남자와 여자를 구분하지 않고 순수하게 공적만 따져 직급을 부여할 것이니, 네겐 더할 나위 없이 좋은 기회일 터. 본 성에 충성을 맹세한다면…… 네 무의를 맘껏 펼칠 수 있도록 배려하마. 이 자리에서 약속한다."

처음 구예와 대면했을 때 그가 한 말이다.

'뭐? 자신은 위선적인 무리와 달라? 그 누구보다 위선

적인 인물이 바로 구예 당신이었어!'

단희연은 아랫입술을 깨물며 속눈썹을 파르르 떨었다. 겉으로 드러난 상처보다 더 깊은 마음의 상처가 뇌리를 괴롭혀 왔다.

'애당초 귀검성에 의탁하는 게 아니었어. 하긴, 누굴 탓할까? 결국 선택은 내가 했는데. 휴우, 이렇게 되고 보니 참 덧없는 시간이었구나.'

병든 홀아비를 위해, 그리고 입에 풀칠조차 어려운 생계를 위해 어쩔 수 없이 선택한 길이었다.

그러나 험난한 고생길을 서둘러 벗어나고자 너무 성급하게 결정을 내리고 자신을 합리화했던 것은 아닐까, 하는 반성의 생각도 들었다.

'차라리 그때 과감히 결심했다면……'

그녀는 일 년 전 유일한 가족인 아버지가 병석에서 숨을 거두었을 때, 장을 치른 후 귀검성을 떠나는 것에 대해 깊이 고민한 적이 있었다. 하지만 차마 그러지 못했다.

이유는 단 하나.

꼴 보기 싫은 성내 사내들로부터 비웃음을 사기 싫었기 때문이다.

그때 만약 귀검성을 떠났다면 성내 사내들은 분명 이렇

게 수군거렸을 것이다. 양민 출신의 계집 주제에 제 실력만 믿고 잘난 척 버티더니 끝내 남자들 등쌀에 밀려 두 손 두 발 다 들고 도망쳤다고, 남녀 파벌을 타파할 듯이 굴었지만 결국 나약한 여자에 불과했다고……

'사부님, 저 참 못났죠? 귀검성 사내들로부터 그러한 말을 듣는다면 사부님까지 욕보이는 일일 것 같아 미련을 부렸어요. 저만 당당하면 되는데, 그깟 놈들 입에 오르내릴 평판이 뭐라고…….'

지금에 와서 생각하면 이향금 밑에서 무공을 배우던 때가 제일 행복했다. 어려운 형편에도 불구하고 아무런 걱정도, 고민도 없던 시절이니까. 또한 사부란 이름의 버팀목이 늘 자신의 곁을 지켜 주었으니까.

"희연아, 장차 어떤 무인이 되고 싶으냐?"

"사부님처럼 훌륭한 여검수가 되고 싶어요. 불의를 보면 참지 않고, 선의를 베풀 줄 아는, 그런 여검수요."

"참으로 기특하구나. 흔히들 이런 질문을 받게 되면 강호 최고이니 최강이니 하고 쉬이 대답하는데."

"헤에, 저도 물론 그러한 것에 욕심이 없는 건 아니에요. 하지만 무엇보다 올바른 길을 걷고자 하는 마음가짐이 가장 중요하잖아요. 무의 성취는 그다음이죠."

"그래, 맞다. 꿈을 이룬들 그 과정이 올바르지 않다면 살아서도 죽어서도 떳떳할 수 없는 법이지."

"지난번 사부님께서 내리신 가르침, 아직도 가슴속에 깊이 새기고 있어요. 좁은 길을 만나면 한 걸음 양보해 다른 사람을 먼저 가게 하고, 맛있는 음식이 있으면 제 배를 채울 만큼만 남겨 다른 사람과 나눠 먹고, 재물이 생겨도 곤궁에 처한 다른 사람을 모른 척하면 안 된다는……. 앞으로도 절대 잊지 않도록 노력할게요."

"옛 성현이 이르길, 마음이 깨끗하지 않으면 훌륭한 행동을 보아도 그것을 자신의 사욕을 채우는 데 이용하고, 좋은 말을 들어도 그것을 자신의 결점을 감싸는 데 쓰기 마련이라고 했다. 하지만 넌 여태껏 그런 위선을 보인 적이 단 한 번도 없지. 휴, 새삼 미안하구나. 내 만년에 이르러 제자 욕심이 생겨 그토록 심성이 고운 널 어렵고 고된 길로 인도하고 말았으니."

"그게 무슨 말씀이세요?"

"사류의 무학을 깨우친 이상 강호로 나가면 네 뜻대로 되지 않는 일이 아주 많을 것이다. 때론 감당하기 힘들 만큼 큰 좌절을 겪기도 할 것이고……. 이 세상은, 특히 강호무림은 네가 예상하는 이상으로 편견의 벽이 높은 곳이란다."

"마음대로 되지 않는다고 해서 곧바로 포기해선 안 된다고 하셨잖아요."

"그래, 그랬지."

"어떤 일이든 성심을 다하면 이룰 수 있으리라 여겨요. 반드시 의로운 여검수가 되어 사부님 명성에 누가 되는 일이 없도록 노력할 거예요. 두고 보세요!"

"희연아, 명심하거라. 세속과 담을 쌓지 않더라도 그 세속의 더러움에 물들지 않는 신념만 가지고 있다면 그것만으로도 참된 인생을 산 것이나 다름 아니니라."

"네, 사부님."

단희연은 돌연 감았던 눈을 뜨며 고개를 옆으로 돌렸다. 그러자 자신의 머리맡에 놓인 유령검법 비급이 눈동자에 들어와 박혔다.

'이것이…… 새롭게 시작할 수 있는 기회가 될 수 있을까?'

그녀는 문득 천공의 사연을 떠올리며 그가 현재 처한 상황을 가만히 생각해 보았다.

'아, 그리고 보니 천 소협은 정말로 어려운 처지에 놓여 있구나. 귀검성 같은 곳으로부터 버림을 받은 내 마음도 이렇듯 복잡하기 그지없는데…… 그의 심정은 오죽할

까?'

자신에게 있어 귀검성은 단지 정도와 사도라는 이분법적 편견과 병폐를 넘어서지 못하고 어쩔 수 없이 택한 도피처이자 막막한 생계를 해결하기 위한 돌파구일 뿐이었다.

일신의 솜씨를 파는 대가로 먹고사는 걱정을 덜게 해준 곳일 따름이지, 그 이상의 큰 의미는 없었다. 아니, 어떤 의미가 있었다고 한들 이번 사건으로 말미암아 모든 것이 무의미해졌다.

하나 천공의 경우는 달랐다.

소림사는 그가 어릴 때부터 몸과 마음을 다 바친, 세상에 둘도 없는 사문이잖은가.

한데 제 잘못 때문이 아닌 천마존의 영혼이 기생하는 바람에 강제로 파문을 당해 떠나오게 됐다.

'그럼에도 불구하고…… 그는 아직 소림 제자로서의 본분을 지키며 멸마의 대업을 이어 나가기 위해 노력하고 있잖아.'

다른 사람들 같으면 분하고 억울해 혀를 깨물 일인데, 포기는커녕 오히려 잃어버린 힘을 되찾기 위해 고군분투 중이었다. 그 누구도 알아주지 않는 험난한 길을, 성패의 가능성조차 불확실한 괴로운 여정을 홀로 용감히 헤쳐 나가고 있었다.

'그래, 천 소협에 비하면 난······.'

앞서 천공의 사연을 듣던 중 그가 내뱉은 말이 뇌리를
스쳤다.

"괴롭지 않았느냐고요? 당연히 괴로웠습니다. 오랜 시
간 사생동고(死生同苦)한 항마신승들이 내 눈앞에서 전
부 사멸해 버렸으니까요. 본사로 귀환한 후에도 거의 한
달 동안 두텁게 겹쳐 오는 좌절감의 압박에 시달리기도
했습니다. 매일같이 악몽도 꾸었고요. 그러던 어느 날,
사부님께서 진언을 내리셨습니다. 역경과 곤궁은 사람을
단련하는 망치와 같아 능히 그 단련을 받아들인다면 몸과
마음이 모두 이로울 것이나 마다하고 도망친다면 결국 몸
과 마음에 큰 해가 될 것이다. 그때에야 비로소 깨달았지
요. 난 어리석게도 비통한 심정을 핑계로 스스로를 망가
뜨리고 있었다는 사실을 말입니다. 그 후 각오를 새롭게
다져 오로지 힘을 되찾아 항마조를 재건하는 것에만 골몰
했습니다."

단희연은 그렇게 소림사의 뜻을 받들어 멸마의 길을 나
아가려는 천공의 의지에 자신을 비추어 보며 마음을 다잡

았다.

'옛말에 전화위복이라고, 이는 기연이자 기회야. 생애 다시 오지 않을……!'

"희연아. 이 사부가 가르친 사류의 무공이 널 어두운 소굴로 이끌더라도 본시 맑은 심성을 잃지 않는다면 그 속에서 환한 하늘을 볼 수 있을 것이니라. 뜻대로 되지 않는다 하여 근심하지 말 것이며, 첫걸음이 어렵다고 그 길 자체를 꺼려선 아니 된다. 넌 언제고 반드시…… 이 강호의 편견을 깨부술 훌륭한 여검수로 이름을 떨칠 수 있을 것이야."

이향금의 마지막 유언을 되새긴 그녀는 주먹을 꽉 쥐었다.

'사부님, 허무한 방황 끝에 드디어 제가 가야 할 새로운 길을 찾은 것 같아요. 죄송해요. 그동안 현실에 안주한 채 제멋대로 한계를 정해 좌절하고 있었나 봐요. 어려운 삶을 핑계로 접어 두었던 그 소중한 꿈, 이제 다시 펼쳐 보려고요. 예전 사부님께서 기특하다며 칭찬해 주셨던 그때의 나로 돌아가 죽자 사자 노력할게요.'

스승을 본받아 이루고 싶던 꿈.

생이 부끄럽지 않은, 광명정대한 여검수가 되는 것.

유령검법을 손에 넣으며 생긴 또 하나의 꿈.

중원무림 최강, 최고의 여검수란 칭호를 얻는 것.

더 이상 막연한 꿈이 아니었다.

대환단을 통해 내력을 얻었고, 유령검법 터득에 도움을 줄 사람까지 찾았으니까.

'구예 따윈 잊어버리자. 이미 벌어진 일인데, 괜한 분노는 심력 낭비일 뿐이야. 사사로운 복수는…… 나중에라도 얼마든지 할 수 있어!'

그런 단희연의 가슴 깊은 곳에서 한 줄기 열망이 꿈틀꿈틀 태동하고 있었다.

*　　　　　*　　　　　*

백경이 운영하는 객잔에서 한바탕 난리가 난 때로부터 정확히 팔 일 후.

낙일검당 부당주 안평은 나룻배를 타고 한 강기슭에 이르렀다. 그는 머리털이 희끗희끗한 사공에게 뱃삯을 지불한 후 부리나케 경공술을 펼쳐 숲길로 접어들었다.

한식경 정도 내달렸을까.

하늘이 어느덧 노을로 붉게 물든 가운데, 잡초가 소복

이 자란 공간에 자리한 폐옥(廢屋) 한 채가 안평의 시야에 들어와 박혔다.

뜀박질을 멈추고 숨을 고른 안평은 곧 조심스럽게 걸음을 옮겨 폐옥 가까이로 다가갔다.

폐옥의 문 앞엔 생김새가 똑같은 삼십 대 무인 둘이 마치 문지기처럼 좌우로 떡 버티고 서 있었다.

쌍둥이 형제의 장대한 체구는 안평과 비교해도 크게 모자람이 없었는데, 둘 다 쇠침이 무수히 박힌 큰 철퇴를 손에 쥐었다. 언뜻 봐도 그 무게가 엄청난 듯했다.

"전령은 이 안에 있소?"

안평의 물음에 쌍둥이 형제가 무뚝뚝한 표정으로 고개를 끄덕거리며 한옆으로 비켜섰다. 직후, 우측에 선 인물이 걸걸한 음성을 토했다.

"오늘은 특별히 범(范) 공자께서 기다리고 계시오."

순간, 안평의 눈동자가 이채를 머금었다.

'뭐? 전령 대신 천환마가주의 아들이 직접 여기로 왔다고? 호오, 그렇다면 잔금 지급과 함께 영약을 바로 주려는 모양이구나.'

기대를 품은 그는 문을 밀고 폐옥 안으로 발을 들였다.

거미줄이 듬성듬성한 낡은 옥내엔 이십 대 후반으로 짐작되는 청년이 자리해 있었다.

안평은 인사에 앞서 그의 행색부터 살폈다.

'허, 돼지가 따로 없군. 숨이나 제대로 쉬려나?'

청년은 호화로운 비단의가 금방이라도 찢어질 것처럼 몸집이 몹시 비대했다. 얼굴, 목, 배, 허리, 엉덩이 할 것 없이 뙤록뙤록 살이 쪄 보는 사람이 되레 답답할 지경이었다.

한데 그런 외형에 어울리지 않게 작은 부채 하나가 좌수에 쥐여져 있었다. 아니, 부채가 작은 게 아니라 그의 손이 너무 두툼해 그렇게 보이는 것이었다.

안평은 이내 두 손을 모으며 공손하게 인사를 건넸다.

"처음 뵙겠소. 난······."

"알고 있어. 낙일맹호잖아. 그것도 모를까 봐?"

상대가 다짜고짜 하대를 하자 안평은 기분이 언짢았지만 억지로 표정을 관리했다.

히물 웃은 청년이 부채질을 하며 자신을 알렸다.

"범조(范璪)다. 천환마가 이공자가 바로 나야. 들어 본 적 있지?"

안평의 낯빛이 살짝 굳었다.

범조, 별호는 저용마랑(猪勇魔郎).

천기마랑(天欺魔郎)이라 불리는 대공자 범소보다 성격이 더 잔악무도하고, 또 인육(人肉)을 별미 삼아 먹는 것으로 유명한 마인이었다.

실물은 접하는 건 오늘이 처음이나 그 명성은 익히 들은 터였다.

'크음, 천기마랑이 와 주길 바랐는데, 하필이면 저용마랑이…… . 정체를 알고 나니 더 상대하기가 싫군.'

그때, 범조가 두 눈을 가늘게 떴다.

"시벌. 입에 꿀을 발랐나, 왜 대꾸가 없지? 설마 우리 형이 오길 기대했어? 형은 한가한 나와 달리 아주 바쁜 사람이라고."

욕설 섞인 험악한 말투에 안평이 슬며시 눈살을 구기며 손사래를 쳤다.

"무슨 소리요. 누가 오더라도 상관없소."

"됐고, 근데 왜 혼자야? 만일을 대비해 둘을 보냈잖아."

"질풍검사 서추는 죽었소. 물건을 손에 넣자마자 급히 몸을 빼느라 일련의 상황을 다 보진 못했지만…… ."

"광도귀 백경에게 당했나? 우힛힛, 오래전에 은퇴했다더니, 아직까지 그 칼솜씨가 녹슬지 않았나 보군."

"정체 모를 승려에게 죽임을 당했소. 소림사 무승은 아닌 듯 보였는데…… . 아무튼 날을 잘못 고른 셈이오."

안평은 그날 객잔에 자리한 고수들에 대해 빠짐없이 가

르쳐 주었다. 일련의 설명이 끝나기가 무섭게 범조의 못생긴 눈썹이 꿈틀 올라갔다.

"뭐? 그 젊은 놈이 마기를 지니고 있었다고?"

"그가 내공을 운용하자 핏물처럼 시뻘건 패도적인 기운이 몸 밖으로 퍼져 나왔소. 혹시 육대마가 소속 마인은 아니오?"

"절대 아니야."

범조가 단호히 고개를 가로젓더니 목소리를 이었다.

"붉은 마기를 피워 올리는 놈이라……. 도대체 무슨 마공이지? 이거, 갑자기 호기심이 생기는걸?"

"일신의 무위는 그리 대단하지 않은 듯했소. 나중에 전부 객잔 밖으로 나가서 싸움을 벌였는데, 난 앞서 말했다시피 멀리서 서추가 죽은 것만 보고 바로 그곳을 벗어났다오."

"아무튼 우리가 의뢰한 고서는 무사히 가지고 왔단 뜻이렷다?"

"그렇소."

"어서 보여 줘."

범조가 건방지게 턱짓을 하며 명령조로 말했지만 안평은 별로 개의치 않고 고서를 꺼내 건넸다. 여기서 괜히 시비를 걸어 봐야 좋을 게 하나도 없었으니까.

심드렁한 표정으로 책장을 휙휙 넘기던 범조가 돌연 부채를 촤악! 접었다. 그러자 옥내 천장에서부터 호리호리한 인영이 뚝 떨어져 내려 범조 옆에 자리해 섰다.

안평은 순간 등골이 섬뜩했다.

'이럴 수가……! 기척을 전혀 느끼지 못했는데, 언제부터 숨어 있던 거지?'

인영의 정체는 자줏빛 경장 차림에 곱상한 얼굴을 가진 이십 대 여인이었다. 몸의 굴곡을 따라 밀착된 옷 때문에 가슴과 엉덩이가 유난히 두드러져 보여 야한 느낌을 물씬 풍겼다.

범조가 입꼬리를 씰룩 올리며 안평을 향해 말했다.

"놀랐나? 본가가 자랑하는 환마장폐은신술(幻魔障蔽隱身術)이지. 이걸 극성으로 익히면 중원의 십대무신 새끼들도 쉬이 간파하기 힘들다고. 매혼(魅魂), 안 그래?"

"네. 맞습니다, 이공자님. 앗……!"

매혼이라 불린 여인의 뾰족한 신음. 족발 같은 커다란 손이 돌연 그녀의 가슴을 함부로 주물렀기 때문이다.

"히힛, 이히힛! 이 음란한 년, 얼굴 붉히는 것 좀 보소. 본좌가 만져 주니까 기분 좋은 거야? 응?"

낯 뜨거운 말을 잘도 지껄이는 범조였다.

"어럽쇼, 대답 안 해?"

매혼은 그런 범조의 태도가 익숙한 듯 큰 거부감을 드러내지 않고 말을 받았다.

"네. 이공자님 손길이 닿으니…… 제 몸이 한껏 달아오르고 있어요. 흐읏……."

흐뭇한 눈빛을 발하던 범조는 이내 손을 하복부로 가져가더니 치부를 마구 쓰다듬었다. 이에 매혼이 움찔하며 한층 끈적끈적한 신음을 흘렸다.

안평은 눈을 어디에 둬야 할지 몰랐다.

'저런 미친……. 내가 보는 앞에서 뭐 하는 짓거리지?'

그때, 범조가 허리에 차고 있던 주머니를 던졌다.

"약속한 돈이야. 나중에 딴소리하지 말고 여기서 세어봐."

안평은 얼른 주머니를 열어 금액을 확인한 후 흡족한 표정으로 입을 뗐다.

"정확하구려. 한데…… 영약은 언제쯤 받을 수 있소?"

"그것도 가지고 왔어. 질풍검사는 뒈져 버렸으니 그놈 몫도 네가 가지도록 해."

"아! 고맙소."

범조가 매혼의 탐스러운 엉덩이를 철썩! 때리며 명했다.

"자, 어서 전해 줘라."

매혼은 곧 걸음을 떼 안평 앞에 섰다.

안평이 영문을 모르겠다는 표정을 짓자 범조가 히죽히죽 웃으며 일렀다.

"잠깐 재미 좀 보라고 거기에 넣어 뒀어."

그 말이 끝나자마자 매혼이 요대를 느슨하게 풀더니 안평의 손을 자신의 허리춤으로 이끌었다.

"속옷 안에 있어요. 전 괜찮으니…… 손을 집어넣으세요."

그런 그녀의 얼굴에 민망한 기색 따윈 없었다.

"그, 그렇다면 실례하겠소."

안평은 상기된 얼굴로 마른침을 꿀꺽 삼키며 그녀의 하의 속으로 손을 찔러 넣었다.

바로 그때.

범조의 눈동자가 짙은 살기를 내뿜었다.

"사람 고기가 먹고 싶군. 이히힛. 네놈은 어떤 맛일까?"

찰나지간 정신이 번쩍 든 안평이 손을 빼려 했지만 매혼이 행동이 더 빨랐다.

탓, 타탓, 탓!

그녀는 순식간에 상대의 마혈(痲穴)을 제압해 꼼짝달

싹도 못하게 만들어 버렸다.

"크으윽! 이게 대체……."

범조는 들은 척도 않고 휘파람을 불었다. 직후, 철퇴를 든 쌍둥이 형제가 안으로 발을 들였다.

"백혼(白魂), 흑혼(黑魂). 어서 끌고 가서 철퇴로 잘게 다진 다음 노릇노릇 구워서 가져와. 아, 뼈 발라내는 것도 잊지 말고."

몸이 마비된 안평이 핏발 선 눈심지를 불태우며 발작적으로 고함쳤다.

"갈! 이 비열한 놈! 가문의 명성이 아깝구나! 네 어찌 내게 이럴 수 있느냐!"

범조가 굵은 손가락으로 귀를 틀어막으며 인상을 찌푸렸다.

"시벌, 더럽게 시끄럽네. 백혼, 흑혼! 이 새끼들, 가만히 보고 있을 거야? 어서 저 냄새나는 주둥이 좀 다물게 해!"

후우우웅―!

바람을 가른 철퇴가 그대로 안평의 아래턱을 두드려 부수자 이와 뼛조각이 바닥 위로 우수수 떨어져 내렸다. 뒤이어 바람을 가른 또 하나의 철퇴가 그 정수리에 무참히 쑤셔 박혔다.

무거운 정적이 감도는 가운데, 범조는 선혈과 뇌수가 흘러내리는 안평의 시신을 보며 입맛을 다셨다.

"아따, 고놈 참 맛있겠다. 일단 예서 배를 채운 다음…… 그 붉은 마기를 지녔다는 놈을 찾으러 가 봐야겠어. 이히히히힛."

백혼, 흑혼이 머리가 으스러진 안평의 시신을 끌고 나간 직후, 매혼이 옷매무시를 수습하며 말했다.

"이공자님, 그 의문의 마인을 찾는 일은 재고하심이 좋을 듯싶습니다."

"독단적 행동은 곤란하다, 이건가?"

범조의 심드렁한 대꾸에 매혼이 난처한 기색으로 말을 이었다.

"가주께선 마경과 관련한 책을 입수하는 즉시 귀검성으로 가 대공자에게 전하라고 명하셨습니다. 그 외의 다른 행동은 불허하신다고……."

"나도 알아. 하지만 모처럼 집을 벗어나 중원까지 왔는데 이대로 그냥 돌아가면 허무하지. 코에 바람도 넣고, 중원 새끼들 고기 맛도 좀 보고 그럴 거야."

"안평의 말로 미루어 짐작컨대, 의문의 마인은 신비괴림 내로 들었을 가능성이 큽니다. 잘 아시다시피 그곳은 중원 고수들도 발길을 꺼려할 만큼 위험한 곳입니다."

"얼씨구, 감히 날 뭐로 보고……. 그런 곳이 어디 신비괴림뿐이야? 난 겨우 열세 살 때 서장 최고의 험지라는 마유곡(魔幽谷)을 일 년 넘게 돌아다니고도 말짱하던 사람이라고. 신비괴림이 설마하니 마유곡보다 위험할까?"

"하오나 대공자와 가주께서 아시게 된다면 장차 문책을 면치……."

"쌍년, 닥쳐! 형이나 아버지 허락 따윈 필요 없어."

범조의 사나운 목소리에 매혼이 신형을 움찔했지만, 그래도 간언을 그치지 않았다.

"이공자님, 바라건대 재고해 주십시오. 제가 이토록 만류하는 이유는 마음에 걸리는 부분이 있기 때문입니다. 실은 얼마 전 마경을 입수해 귀환 중이던 월영마가의 월혼마태사 일행과 천도호(千島湖) 부근에서 조우했는데, 그를 통해 천마존이 절강성 일대를 떠돌고 있다는 것을 알게 됐습니다."

찰나지간 범조의 낯빛이 미묘한 변화를 보였다.

"천마존이……? 확실해?"

매혼은 고개를 끄덕이며 갈응문의 멸문과 고웅, 달지극의 죽음 등 백자개로부터 들은 이야기를 빠짐없이 그대로 전해 주었다. 이윽고 그녀의 보고가 끝나자 범조가 의미심장한 미소를 흘리며 속으로 중얼거렸다.

'호오, 그것참 흥미롭군. 외모가 젊게 변한데다 포강현의 아이들을 위해 갈응문을 멸하다니……. 뭐지? 신분을 감추기 위해 협사인 척하는 건가? 아니면 혹 심경에 변화라도 인 건가?'

"월혼마태사가 이르길, 마가연맹 수뇌부 회의를 통해 따로 명이 하달되기 전까지 천마존과 부딪치는 건 삼가야 마땅하다고 했습니다. 물론 제 생각도 별반 다르지 않습니다."

범조의 태도는 여전히 시큰둥했다.

"쯧, 명색이 월영마가 삼태사란 늙은이가 기껏 예까지 와서 몸을 사려? 천마존을 목도했다면 제 휘하의 월마검대를 남겨 더 조사를 했어야지. 가내 중신(重臣)부터 정신 상태가 그러하니 육대마가 말석의 지위를 면치 못하는 거야. 한심한……. 월영마가의 미래도 참 암담하기 짝이 없군."

별안간 한 줄기 전성 같은 목소리가 두 사람의 귓전을 두드렸다.

[광오하구나, 저용마랑! 본가에 대해 너무 함부로 지껄이는 것 아닌가?]

범상치 않은 내력이 실린, 또렷한 음성이었다.

문 쪽으로 시선을 던진 범조가 씩 미소를 지었다.

"너 이 새끼, 어디서 장난질이야? 네 기척을 내가 모를 줄 알았어?"

동시에 문이 끼익! 열리며 시커먼 피풍을 뒤집어쓴 이십 대 청년이 조용히 발을 들였다.

언뜻 봐도 몹시 왜소한 체구.

신장이 보통 사람의 절반 남짓밖에 안 되는 난쟁이인데, 좌측 허리에 제 몸집과 어울리지 않는 기다란 검을 차고 있었다.

그는 곧 범조와 매혼 곁으로 다가선 후 머리를 덮은 피풍을 뒤로 젖혔다. 그러자 독사 같은 눈매에 큼직한 주먹코를 가진 못생긴 얼굴이 훤히 드러났다.

정체를 확인한 매혼이 공손히 예를 갖춰 인사했다.

"사(巳) 공자님, 오랜만에 뵙습니다."

청년은 바로 현 월영마가주의 외아들인 숭월검자(崇月劍子) 사오량(巳吾倆)이었다.

범조가 부채질을 하며 인상을 찌푸렸다.

"네 상판대기는 어째 해를 거듭할수록 못생겨지는 듯하군. 눈에 담는 것만으로도 역겹다고."

질세라 사오량이 말을 맞받아쳤다.

"어이, 네 돼지 같은 상판대기는 뭐 다를 줄 아나?"

"뭐야? 그 아가리 찢어 버린다."

"할 수 있으면 해 봐라, 더러운 돼지 놈."

오가는 말투가 자못 흉했지만 기실 사오량과 범조는 둘도 없는 친구 사이였다. 욕설마저 스스럼없이 주고받을 만큼 아주 돈독한……

사오량이 두 눈을 번뜩이며 물었다.

"내 기척은 언제 간파했지?"

"이히힛! 처음부터. 멍청한 난쟁이 새끼, 넌 아직 나한테 안 돼. 그나저나 활동을 접고 긴 연공에 들었다더니, 드디어 끝났나 보구나."

"훗, 집구석에 가만히 틀어박혀 칠 개월을 보낸 보람이 있었어. 대월신마검법(大月神魔劍法) 최종 오의를 비로소 완벽히 깨달았거든."

"어쭈, 제법 근성이 있군. 솔직히 말해. 사 가주께선 네가 여기 온 것 모르고 계시지?"

범조의 의미심장한 말에 사오량이 고개를 끄덕거렸다.

"당연하지. 사고뭉치로 낙인찍혀 아직도 출타 제약이 심하니 눈을 피해 몰래 나오는 수밖에……. 집에 있자니 좀이 쑤셔서 도무지 견딜 수가 없더라고."

"이히힛, 맞아. 가내 생활은 정말이지 지긋지긋해."

"연공이 조금만 일찍 끝났어도 백 태사 대신 내가 임무를 맡았을 거야. 자못 아쉬워."

"나도 아쉽긴 마찬가지야. 신검귀를 죽이고 귀검성을 손에 넣는 건 내가 정말 해 보고 싶던 일인데, 잘난 형 때문에 이런 성가신 임무나 맡아 처리하고 있으니…….
시벌."

"아무튼 모처럼 중원에 왔으니 네놈과 함께 유랑이나 해 볼까? 아까 대가리가 박살 나 뒈진 새끼가 한 말, 구미가 좀 당기더군."

"천마존이 배회하고 있다는데 안 무서워? 오죽하면 월마검대를 대동한 월혼마태사도 몸을 사렸겠어?"

"백 태사 같은 노땅과 동급으로 취급하지 마라. 대월신 마검법이 극성에 이른 난 이제 명실상부 가내 이인자야. 지위가 아닌 무공으로."

"풋! 어쭙잖게 건방 떨기는. 월영마가의 이인자는 명(冥) 총관이야. 그가 존재하는 한 네놈은 아무리 용을 써도 삼인자일 수밖에 없어."

"망할 돼지 놈. 절친한 사이에 빈말이라도 인정해 주면 어디 덧나나?"

범조가 이내 눈빛을 무겁게 가라앉혔다.

"각설하고, 붉은 마기를 피워 올렸다는 그놈…… 너도 정체가 궁금하지?"

"그래, 궁금해 미칠 지경이야. 이봐, 조. 우리가 만약 그를 데리고 귀환한다면 괜찮을 것 같지 않아? 인재를 포섭해 공을 세우자는 뜻이지. 그러면 무단이탈에 대한 문책도 피할 수 있을 테고."

"히히힛, 일단 놈을 만나보고 판단하자. 재수 없으면 천마존과 조우할 수도 있으니 마음 단단히 먹어."

대화를 듣고 있던 매혼이 우려를 표했다.

"월혼마태사의 말에 의하면, 현재 천마존은 탈태환골, 반로환동까지 이룬 것으로 짐작된다고 했습니다. 그런 그와 마주하게 된다면 위험에 빠질 공산이 큽니다. 제발 뜻을 거두어 주십시오."

그러자 사오량이 대신 말을 받았다.

"매혼, 주인을 걱정하는 네 마음은 십분 이해한다. 하나 조는 생긴 것과 다르게 머리가 좋아. 치기를 누르지 못하고 천마존과 대적하는 짓 따윈 하지 않을 녀석이야. 이십 년 지기인 내가 그 누구보다 잘 안다. 그러니 마음 놓아라."

범조가 대뜸 부채를 접으며 성을 냈다.

"건방진 년! 너, 내가 돼지 같다고 대가리까지 무식한 줄 알지?"

매혼이 황망히 고개를 조아렸다.

"전 단지 아랫사람으로서 이공자님의 안위가 걱정이

되어 그런 것뿐입니다."

"시끄럽고, 넌 곧장 형한테 가서 괜한 걱정일랑 말고 책에 적힌 범문 해독이나 잘하라고 전해. 자, 젖퉁이가 무참히 찢겨 뒈지기 싫거든 썩 꺼져."

고서를 받아 든 매혼은 짧은 인사와 함께 날렵한 경공술을 펼쳐 문밖으로 사라졌다. 그 직후, 칼자루를 어루만지던 사오량이 입을 뗐다.

"가만, 미처 생각하지 못한 부분이 있군."

"뭐가?"

"포강현과 신비괴림 어귀는 그리 먼 거리가 아니야. 둘이 비슷한 시기에 이 지방을 배회하고 있다는 사실이 공교롭지 않아?"

"그래서?"

"혹시 그 의문의 마인이 백 태사가 목도했다는 천마존과 동일인은 아닐까?"

흠칫한 범조는 잠시간 말이 없었다. 그러다가 이내 입꼬리를 씰룩 올렸다.

"야, 난쟁이. 상상도 정도껏 해. 천마존이 뒤늦게 새로운 마공을 창조해 익히기라도 했다는 거냐? 최강의 마학이라는 천마신공 전승자가 도대체 뭐가 아쉬워서? 게다가 안평은 예의 마인은 그 자리에 있던 철장신풍개 등과

비교해 일신의 무위가 그리 대단치 않은 듯하다고 말했
어."

"후훗, 내가 비약이 좀 심했나?"

사오량이 품에서 마령옥을 꺼내며 중얼거리듯 말을 이
었다.

"뭐, 동일인인지 아닌지는…… 장차 이 마령옥이 가르
쳐 주겠지."

*　　　　*　　　　*

햇볕이 후듯후듯 내리쬐는 한낮이었다.

천공은 동굴 근처 풀밭의 바위에 등을 기대고 앉아 개
방이 제작한 지도를 보고 있었다. 만에 하나 지도를 잃어
버리게 될 경우를 대비해 지형과 설명을 미리 머릿속에
넣어 두려는 것이었다. 오성이 남다른지라 그 정도 암기
는 별로 어렵지 않은 일이었다.

'조사가 이뤄지지 않아 공백으로 처리된 지점은 위험
한 곳이란 방증이겠지? 개방도 참 대단하구나. 전체적으
로 보면 절반 가까이 파악된 상태야.'

그는 이내 흑운동이 위치한 북서쪽 부분을 두 눈에 담
으며 거기에 적혀 있는 설명을 읽었다.

본 방의 조사 결과, 북서쪽에 천연의 결계가 형성된 장소가 존재하는 것으로 추정됨. 그 범위나 힘이 수시로 바뀌는 듯함. 결계를 돌파하려면 사문(死門)과 생문(生門)을 분간할 수 있는 능력과 예측 불가한 변화를 잠시간 무력화시킬 수 있는 고강한 무력을 필요로 함. 범인은 북서쪽 입산을 금할 것을 권고함.

'천연의 결계라⋯⋯. 흑운동은 어쩌면 그 안에 위치했을 수도 있겠구나. 조용히 은거하기에 더할 나위 없이 좋은 장소가 아닌가.'

천공은 언젠가 흑선의 제자인 손묘정이 했던 말을 떠올렸다.

"스승님께선 과거 번잡하고 소란한 중원 생활에 지치셔서 일부러 그리로 드셨죠."

'그래. 방술에 능통한 흑선이라면 그러한 천연의 결계도 능히 파훼해 버렸을 거야.'

그는 그 생각과 함께 지도를 접어 품에 넣곤 가만히 하늘을 올려다보았다.

모처럼 느껴 보는 평온함.

얼굴 위로 부서지는 햇살이 제법 뜨거웠지만, 고요한 자연의 정취에 더없이 기분이 좋았다. 게다가 현재 천마존도 성가시게 굴지 않고 있어 그냥 이대로 시간이 멈췄으면 하는 생각마저 들었다.

사실 천마존은 며칠 전부터 말수가 부쩍 줄어든 상태였다. 일백 년 이상을 산 희대의 노마답게 천공과 광진이 뭔가 굉장한 일을 꾸미고 있음을 본능적으로 직감했기 때문이다. 그 나름대로 긴장을 유지한 채 때를 기다리며 대비하고 있음이 분명했다.

'훗, 보나마나 밤낮 쉬지 않고 상단전을 이용해 영적으로 기를 쌓는 중이겠지. 일이 이렇게 될 줄 알았으면 그때 객잔에서 광진 스님을 상대로 힘을 더 많이 소진하게 할 걸 그랬어.'

사박사박.

수풀을 헤치고 다가오는 누군가의 기척.

천공이 고개를 뒤돌리자 단희연이 모습을 드러냈다. 그녀가 밖을 나온 건 오늘이 처음이었다.

'와, 아름답구나.'

천공은 저도 모르게 속으로 감탄했다.

환한 빛살을 받고 선 단희연의 자태는 말 그대로 눈이

부셨다. 수척한 얼굴마저도 매력적으로 느껴질 만큼. 그
녀의 등장에 이 일대가 마치 향기로운 화원(花園)으로 바
뀐 듯한 기분이었다.

"단 소저, 몸은 좀 나아졌습니까?"

쑥스러움을 감춘 천공의 물음에 단희연이 고개를 살짝
끄덕거렸다.

그동안 말도 한마디 않고 깊은 사색에 잠겨 있던 그녀
였는데 오늘따라 뭔가 분위기가 달라 보였다.

"드디어 내일이죠? 방금 전 광진 스님께서 전부 말씀
해 주셨어요."

"아, 그랬군요. 그나저나 생각이 정리가 좀 되었습니
까? 소저의 표정을 살피니 왠지 그런 것 같군요."

"맞아요."

"다행이군요. 소저라면 어떤 길을 선택하든 잘 헤쳐 나
갈 수 있을 겁니다."

별안간 단희연의 눈동자가 의미심장한 빛을 머금었다.
그녀는 곧 천공을 마주하고 앉으며 그의 손을 덥석 잡았
다.

"소, 소저?"

손등으로 전해지는 부드러운 감촉에 천공은 당혹감을
감추지 못했다.

"묻고 싶은 것이 있어요. 천 소협은…… 내가 싫어
요?"

밑도 끝도 없는 질문이었다.

"예?"

"동료로서 내가 싫지 않다면…… 아니, 설령 탐탁지
않다고 해도 동행을 허락해 줬으면 해요."

"갑자기 그게 무슨……?"

그러자 단희연이 결연한 표정으로 말했다.

"장고 끝에 비로소 결단을 내렸어요. 이제부터 천 소협
과 함께하기로 말이에요."

13장
두 번째 대면

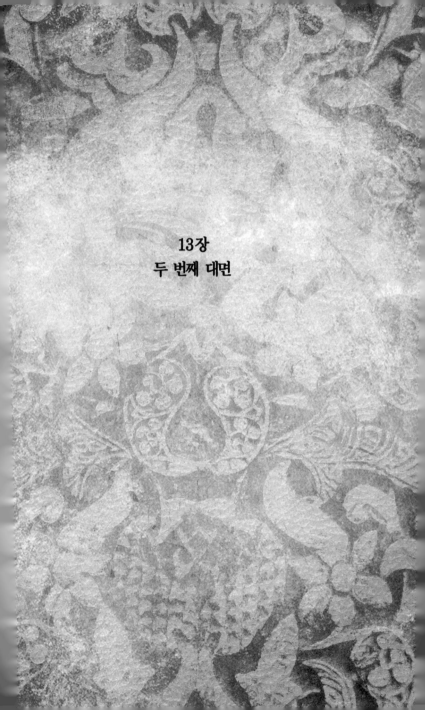

천공은 잠시간 단희연의 눈동자를 주시하다가 단호한 표정으로 거절했다.

"알 될 말입니다. 난 지금 누군가를 달고 다닐 입장이 아닙니다."

"왜요? 내가 부담스러워요?"

"휴, 그런 뜻이 아니라 위험하기 때문입니다."

"새삼스럽게……. 강호는 원래 위험한 곳이에요."

"소저, 내 몸에 천마존의 영혼이 깃들어 있는 한, 그리고 힘을 완벽히 되찾지 못하는 한…… 앞으로 어떤 큰 위기의 순간을 맞게 될지 모릅니다. 한데 그런 험난한 여정에 타인까지 끌어들이는 것은 나 스스로도 절대 용납할 수 없는 일입니다."

"네, 그 마음은 충분히 이해해요. 소림사에 머무르는 동안 철저히 함구한 것도 바로 그러한 이유 때문이었잖아요. 하지만 천 소협으로부터 꾸준히 도움을 받지 못한다면…… 난 결국 한계에 부딪쳐 목표를 접고 말 거예요."

천공이 점잖게 타일렀다.

"미리 자신의 한계를 정하는 것은 어리석은 짓입니다. 그리고 배신감에 기인한 분노가 크겠지만, 단지 복수가 목표가 되어선 곤란해요."

"뭔가 오해하고 있네요. 난 단순히 귀검성주에게 복수하기 위해 천 소협의 손길을 필요로 하는 게 아니에요."

"가만, 혹시 대환단을 통해 비약적으로 증가한 내공의 묘용 때문입니까? 그렇다면 걱정하지 말아요. 내가 굳이 도움을 주지 않더라도 꾸준히 노력하면 능히 세, 잠맥을 사 할 가까이 타통할 수 있으리라고 봅니다. 무릇 깨달음이란 사람마다 다 다른 법이라 내가 특별히 거들 수 있는 부분이 아니에요. 부디 자신감을 가지도록 해요."

"세, 잠맥을 타통해 내공 수위만 높아지면 뭐 해요?

그것을 십분 활용할 상승 검학에 대한 공부가 부족한
데."

단희연은 말이 끝나기가 무섭게 책 한 권을 꺼내 보였
다.

다름 아닌 유령검법.

천공은 비로소 그녀의 의중을 간파할 수 있었다.

"비급에 적힌 난해한 검결을 해석하는 데에 내 도움이
필요하단 뜻이었습니까?"

"맞아요. 객잔을 곧장 떠나지 않은 이유도 바로 이 유
령검법 때문이었죠. 당시 공터로 나와 적과 대치하고 있
을 때, 천 소협에게 전음을 보냈잖아요. 기억해요?"

"천 소협, 나중에 나랑 따로 이야기를 나눌 수 있어
요?"

기억을 더듬은 천공이 고개를 끄덕거렸다.

"아, 생각났습니다. 그 전음 속에 숨은 의미를 이제야
알겠군요."

"일전 천 소협이 솔직하게 모든 사실을 말해 줬으니 오
늘은 내 사연을 털어놓을 차례인 것 같네요."

단희연은 어릴 적 멸절검모 이향금과 사제지연을 맺게

된 것을 시작으로 자신의 사연을 모조리 밝혔다.

이윽고 그녀의 이야기가 끝나자 천공이 자못 진중한 눈빛으로 입을 열었다.

"멸절검모께선 참으로 훌륭하신 분이었군요. 사류의 무공이 어두운 소굴로 이끌더라도 본시 맑은 심성을 잃지 않는다면 환한 하늘을 볼 수 있으리란 그 말씀, 정말 가슴에 크게 와 닿는 가르침입니다."

"나 역시 천 소협 사부께서 말씀하셨던 것을 곱씹으며 큰 감명을 받았답니다. 역경과 곤궁은 사람을 단련하는 망치와 같아 능히 수용한다면 몸과 마음 모두 이로울 것이나 애써 피하려 들면 결국 몸과 마음에 큰 해가 될 것이다. 그 진언이 내게 새로운 동기를 부여했죠."

천공은 눈을 감고 상념에 잠겼다. 사연을 듣고 나니 고민이 되는 모양이었다. 그렇게 약간의 시간이 흐른 후, 눈을 뜨고 단희연을 바라보며 물었다.

"진정 나와 함께하길 바랍니까?"

"천 소협이 예전의 힘을 되찾길 원하는 것만큼 내 꿈도 간절하다는 것을 부디 헤아려 주길 바라요."

단희연의 암갈색 눈동자가 뜨거운 열기를 뿜고 있었다.

그 눈빛은 곧 굳은 의지를 대변함이었다.

천공이 선뜻 대꾸를 않자 애가 단 그녀가 양손을 허리

에 얹으며 냉랭한 목소리를 발했다.

"거듭 거절할 생각이거든 차라리 예서 날 죽이는 게 좋을 거예요. 원망스러운 마음에 천 소협의 비밀을 여기저기 퍼뜨리고 다닐 테니까요. 그건 싫죠?"

귀여운 협박에 천공은 저도 모르게 웃음을 터뜨렸다.

"하하, 알았어요."

"내 청을…… 받아들이겠다는 거예요?"

"그렇듯 약점을 잡고 으름장까지 놓으니 어쩔 도리가 없네요."

장난기 섞인 대답이지만 허락의 뜻이 분명히 담겼다.

단희연은 두 손을 모아 진심으로 감사를 표했다.

"천 소협, 정말 고마워요! 그렇다고 마냥 도움만 받을 생각은 없어요. 앞으로 천 소협이 힘을 되찾는 데에 일조하고 싶어요. 항마조 재건은 곧 강호 대의를 위함이나 다름 아니잖아요? 아, 그렇지. 일종의 호위무사라 여겨요."

"소저, 그러지 말아요. 장차 유령검법을 대성하면 즉시 떠나겠다고…… 이 자리에서 약속해요."

"하지만……."

"안 그러면 도로 무를 겁니다."

확고부동한 천공의 태도에 단희연은 어쩔 수 없이 그러

겠노라 약속을 했다.

"천 소협에게 괜한 짐이 되지 않도록 노력할게요. 아니지, 천 소협이 본연의 힘을 일정 수위 이상으로 회복하기 전까지 내가 짐이 될 일은 없겠네요. 솔직히 현재 무위는 내가 더 강하니까요. 안 그래요? 이의 있어요?"

천공이 빙그레 웃으며 고개를 가로저었다.

"전혀 없습니다."

단희연도 마주 미소를 보냈다. 붉은 입술 사이로 박속 같은 치아가 드러나 보이는, 더없이 환한 미소였다.

"소저, 웃는 얼굴이 아주 보기 좋군요. 앞으로도 그렇게 자주 웃도록 해요."

단희연은 살짝 얼굴을 붉혔다.

'어머, 내가 지금 웃었나? 그의 웃는 표정이 너무 밝아서 나도 덩달아 그만……'

냉큼 웃음을 지운 그녀는 괜한 헛기침과 함께 말머리를 돌렸다.

"참, 광진 스님께서 새겨 주셨다는 문신 좀 보여 줄 수 있어요? 어떤 건지 궁금해요."

천공은 말없이 양쪽 소매를 차례로 걷어 올렸다. 그런 그의 왼쪽 팔뚝엔 기괴한 마신이, 오른쪽 팔뚝엔 온화한 부처가 정교한 형태로 입묵(入墨)되어 있었다.

단희연이 나지막한 탄성을 발하며 중얼거렸다.

"와, 이것이 그 심계의 문(門)이라는……."

"쉿."

천공이 황급히 검지를 세워 입술에 가져다 댔다.

"아차, 미안해요. 그나저나 이런 말 하면 어떨지 모르겠지만, 천 소협과 잘 어울리는 것 같아요."

"그래요? 난 왠지 보기가 거북한데……. 뭐, 차츰 적응이 되겠지요. 아무튼 아직 다 아물지 않은 상태라 많이 따끔거립니다."

단희연은 이내 자리에서 일어나며 말했다.

"햇볕이 제법 뜨겁네요. 그만 동굴로 들도록 해요. 내일 그 일을 치르려면 충분히 쉬어 두는 게 좋아요."

고개를 끄덕인 천공도 얼른 신형을 일으켰다.

별안간 천마존이 며칠 만에 처음으로 앙칼진 전성을 터뜨렸다.

[젠장! 문신의 용도는 뭐고, 내일 치를 일은 또 뭐란 말이냐? 이 빌어먹을 땡추 새끼들……. 오냐, 어디 한 번 해 봐라! 본좌가 박살을 내 줄 테니까!]

피식 웃은 천공이 조롱하듯 말했다.

"여태껏 조용히 잘 견뎌 놓고 이제 와서 왜 그러지? 기다려 봐. 오늘 밤만 지나면 자연히 알게 될 테니까."

          *   *   *

　어둠이 짙게 깔린 외진 숲 속의 작은 집.

　등불이 켜진 그 내부에는 머리칼이 희끗희끗한 육순 노
인이 오롯이 앉아 목각 인형을 만지작거리고 있었다. 누
더기나 진배없는 외투를 걸친 그는 일견 초라한 행색이었
으나 함부로 범접하기 힘든, 날선 기도가 신형을 감싸고
흘렀다.

　한참을 그렇게 시간을 보내던 노인이 문득 나지막한 목
소리를 발했다.

　"밖에 누구냐? 정체를 밝혀라."

　말이 끝나기가 무섭게 문이 벌컥 열리며 한 인영이 발
을 들였다.

　백발을 정갈하게 땋아 내린 남색 장포 차림의 노인.

　천마교 부교주, 악마검신 율악이었다.

　여유롭게 뒷짐을 진 율악이 근엄한 눈빛으로 노인을 향
해 말했다.

　"악마밀보(惡魔密步)의 기척을 대번에 감지하다니. 육
신은 늙었어도 탁월한 기감은 여전한 듯싶구나, 혁황(奕
荒)."

늪처럼 깊이 가라앉아 있던 노인, 아니, 혁황의 눈동자가 돌연 예도(銳刀)처럼 서슬 퍼런 빛을 뿜었다.

"악마밀보? 감히 어디서 어쭙잖은 흉내를 내는 것이냐?"

"오랜만이다."

"헛소리 집어치워라."

혁황이 입꼬리를 씰룩거리며 전신으로 살기를 피워 올렸다. 여느 무인 같으면 잔뜩 공포에 질려 발발 떨 만큼 농후한 살기였다.

율악이 가볍게 혀를 찼다.

"끌, 솜씨를 구경하자고 예까지 걸음을 한 것이 아니거늘."

"정체를 밝히라고 했다."

"본좌를 보고도 모르겠느냐?"

"당연히 모르지. 그럴싸하게 변장한 것이니까."

"변장……?"

"왜? 막상 들키니 민망한가?"

냉소한 노인이 대뜸 신형을 일으켜 우수를 쫙 폈다. 그러자 구석에 놓인 은빛 창(槍)이 눈 깜빡할 사이 그의 손바닥으로 이끌려 와 잡혔다.

고강한 내공을 대변하는 듯한 완벽한 허공섭물.

혁황이 예의 매서운 눈빛으로 경고했다.

"험한 꼴 당하기 싫거든 썩 꺼져라."

"싫다면?"

"놈, 아무래도 저승이 구경하고 싶은 모양이구나."

"혁황, 네 힘이 필요하다."

율악의 말에 혁황이 대소했다.

"껄껄껄껄! 별 미친 소리를 다 듣겠군. 노부가 마도무림을 등진 지도 어느덧 십 년이 흘렀다. 무슨 헛소리냐?"

"궁벽한 산골에 처박혀 야인으로 살기엔 그 일신의 무공이 너무 아깝지 않은가?"

"그래서 육대마가 따위에 힘을 빌려 달라? 변장이 제법 정교한 것으로 보아 천환마가 소속인 듯한데…… 사람을 잘못 골라도 한참 잘못 골랐다."

율악이 의미심장한 표정으로 물었다.

"무슨 뜻인가?"

"날 움직일 수 있는 건 오직 위대하신 교주뿐! 너희 육대마가 따위가 아니란 말이니라."

혁황의 단호한 목소리에 율악이 입술이 잔잔한 미소를 그렸다.

"장하구나. 유배를 당하고도 아직까지 본 교에 대한 충성심을 굳건히 지키고 있다니……."

"네놈이 그래도 끝까지 부교주 행세를 하느냐!"

고강한 내력이 실리자 은창이 세찬 떨림을 자아냈다.

지이이잉—

율악이 비로소 뒷짐을 풀며 물었다.

"되찾고 싶지 않은가? 호교사왕의 한자리를 차지했던 옛 영광의 시절이 그립지 않느냐 말이다."

"흥, 과거 성질을 이기지 못하고 교도를 함부로 죽인 죄로 이 꼴이 되었는데 누굴 탓하랴! 육대마가의 도움을 받아 명예를 회복하느니, 차라리 죽을 때까지 산골에 처박혀 목각 인형이나 만드는 게 낫다."

미련 따윈 추호도 없다는 태도였다.

별안간 율악이 내공을 운용하자 신형 주위로 잿빛 마기가 파문처럼 번져 나왔다. 그와 동시에 실내 공기가 만근 바위처럼 무겁게 변해 혁황의 어깨를 강하게 짓눌렀다.

'웃! 이토록 육중한 힘이라니…….'

한때 천마교 호교사왕의 일인으로 마도무림 전체에 이름을 날린 혁황인데, 그런 일류 마인이 압박을 느껴 인상을 찌푸릴 만큼 율악이 발한 무형지기는 실로 대단했다.

'설마…… 진짜 부교주란 말인가?'

혁황이 믿을 수 없다는 듯 눈을 부릅뜬 순간, 율악이 우수를 수평으로 뻗으며 말했다.

"나와 함께 본 교 재건의 길을 걷겠느냐, 창마왕(槍魔王) 혁황."

"부, 부교주……? 정말…… 부교주이십니까?"

반신반의하는 말투였지만 그 속엔 묘한 기대감이 서려 있었다.

"쉬이 믿지 못하는 것도 무리는 아닐 터."

그런 율악의 팔뚝을 따라 회색 기류가 넘실거리며 발출되더니, 이내 부옇고 검은 날을 가진 장검으로 바뀌었다.

악령마검.

천마교의 기보이자 율악의 독문 병기.

혁황은 납빛처럼 창백하게 굳은 얼굴로 움키고 있던 창을 내던지며 그 자리에 황망히 부복했다.

"부교주를 뵙습니다!"

율악이 그런 혁황을 내려다보며 칭찬했다.

"잘 참고 기다려 주었구나. 대견하다."

"언제고 본 교를 위해 다시 힘을 쓸 날이 오리라 굳게 믿고 있었습니다! 그나저나 부교주를 이렇듯 뵙게 되어…… 실로 감개무량하기 그지없습니다!"

"훗, 내가 죽은 줄 알았을 테지."

"아깐 육대마가에서 날 포섭하기 위해 사람을 보내 수작을 부리는 것이라 여겼습니다. 그 때문에 의심이 일어 부교주께 그만 불경을 저지르고 말았습니다. 부디 너그러이 용서해 주십시오."

"괘념치 마라. 난 그저 너의 충성스러운 마음을 확인한 것으로 만족한다."

"한데…… 본 교 재건의 길을 함께 걷겠느냐고 제게 물으셨는데, 그것이 정확히 무슨 뜻입니까? 본 교가 멸문지화라도 당했습니까?"

"일만 교도와 더불어 십팔당주, 십이주교, 호교사왕 중 생존한 자는 아무도 없다. 심지어 교주께서도……."

예상치 못한 이야기에 혁황은 큰 충격을 받은 듯 잠시간 말을 잇지 못했다.

율악이 나지막한 소성을 흘렸다.

"후훗, 네가 활약하던 때와 비교해 상황이 많이 바뀌었지. 하나 낙담할 필요는 없다."

"……?"

"우리의 지주, 교주께서…… 완벽히 부활하셨기 때문이다."

"부, 부활……?"

"난 현재 교주를 찾아 길을 떠나는 중이니라."

혁황은 잠시간 어리둥절한 표정을 짓다가 나지막이 말했다.

"부교주, 자세히 말씀해 주십시오. 저는 십 년 가까이 외부 출입을 삼간 터라 현 정세를 거의 알지 못합니다. 기실 부교주께서 먼 북쪽 이역으로 떠나셨다는 것과 더불어 홀연 실종되셨다는 소식도 한참 후에야 접했습니다. 두어 해 전쯤 저를 포섭하러 왔던 천환마가 쪽 마인들을 통해 우연히 듣게 되었지요."

"역시 본 교가 괴멸하기 전부터 세를 불리기 위한 물밑 작업을 벌이고 있었군."

중얼거리는 율악의 음침한 동공 위로 한 가닥 살기가 스몄다.

"내가 석 달 전 천산으로 귀환했을 때, 총단은 이미 폐허로 바뀐 뒤였다. 또한 지하 비마고 내의 신물과 비급들도 모조리 사라지고 없었지. 그러던 중 최근 육대마가에서 마혼석등을 은밀히 보관하고 있음을 알게 됐다."

혁황이 우려 섞인 눈빛으로 물었다.

"혹 육대마가가 연합을 해 본 교를 괴멸시킨 것입니까? 실상 그 여섯 가문은 오래전부터 연맹에 가까운 관계이니……."

"아니다. 그들은 본 교가 사라진 이후에 비로소 정식으로 맹을 결성하고 대외 활동을 시작한 것으로 파악되었다."

"그렇다면……?"

"소림사."

혁황이 두 눈이 찢어질 듯 커졌다.

"예?"

"본 교를 무너뜨린 적은 다름 아닌 소림사다. 그것도 일 년여 전에."

"소, 소림사라니……."

"교주를 위시한 총단 전력이 반나절도 버티지 못하고 사멸해 버렸지."

선뜻 받아들이기 힘든, 아니, 차마 인정하기 싫은 사실.

혁황이 고개를 가로저었다.

"소림사가 제아무리 중원무림의 태산북두라지만 본 교를 그토록 쉬이 무너뜨릴 수는 없다고 생각합니다. 그들을 포함한 구대문파가 전력을 모아 한꺼번에 들이닥쳤다면 또 모를까……. 혹시 잘못 알고 계시는 건 아닙니까?"

"정확히 말하면, 소림사가 비밀리에 키운 가공할 무승 집단에 당했다."

"무승 집단이라니요?"

"나 역시 자세한 것은 모른다. 단지 이십여 년 전의 일을 대갚음하기 위해 특별히 육성한 무승들이리라 짐작만하고 있을 뿐. 한 가지 납득하기 힘든 충격적인 사실은…… 그 무승 집단이 미증유의 마공을 구사했다는 것이니라."

"허……! 불가 무인이 마공을 익히다니, 그게 진정 가능한 일입니까?"

"무려 일천 년의 역사를 자랑하는 소림사라면 불가능한 일도 아니지."

"크음, 새삼 후회가 치밉니다. 그때 깡그리 죽여 버렸다면 오늘날 같은 상황은 피할 수 있었을 텐데……."

혁황은 과거 소림사를 습격했을 때가 생각났다. 당시그도 호교사왕의 일인으로서 참전을 했으니까. 또한 고위승려를 여럿 죽여 큰 공도 세웠다.

"목 잘려 죽은 현담의 복수를 이뤘으니 숭산 땡추들은지금쯤 인과응보 운운하며 느긋하게 염불이나 외고 있겠군요."

그는 분을 삭이며 어금니를 앙다물었다. 그러다가 문득궁금증이 샘솟았다.

'가만, 부교주께서는 오랜 시간 본 교를 떠나 계셨는데

불과 석 달 동안 그러한 정보를 한꺼번에 입수하셨단 말인가? 도대체 무슨 수로⋯⋯?'

율악이 그 속내를 꿰뚫어 본 듯 말했다.

"내가 어떻게 이러한 정보를 알고 있는 것인지 의문스러울 터."

혁황이 살짝 얼굴을 붉히며 머리를 조아리자 율악이 희미한 미소를 머금었다.

"후훗. 잔존한 교도들로부터 전해 들었느니라."

순간, 혁황의 눈동자가 커다란 파문을 일으켰다.

"사, 살아남은 교도들이 있습니까?"

"현재 삼백 명 남짓한 전력이 석마대산(石馬大山)의 비밀 지단에서 대기 중이다. 당시 무승 집단이 천산 총단으로 향하며 본 교의 지단을 차례차례 없애 버렸지만, 다행히 비밀 지단은 그들 눈에 들키지 않고 생존했지."

주먹을 불끈 쥔 혁황이 나지막이 외치듯 말했다.

"본 교의 마지막 불씨로군요! 참으로 불행 중 다행입니다!"

"그들이 없었다면 나 역시 상황을 가늠하지 못한 채 이리저리 헤맸을 것이야."

"교주께서 부활하신 것도 잔존한 교도들이 가르쳐 준 것입니까?"

"그것은 본좌의 확신이다."

"아……."

혁황은 침중한 낯빛을 띠다가 조심스럽게 입을 열었다.

"부교주, 송구합니다만…… 어찌 그리 확신을 하십니까? 앞서 제게 이르시길, 마혼석등은 현재 육대마가의 수중에 있다고……."

율악이 그의 말꼬리를 잘랐다.

"자, 보라."

그가 곧장 남색 장포를 펄럭! 젖히자 우측 허리에 걸린 고색창연한 석등이 그 모습을 드러냈다.

'아니? 저건 마혼석등!'

짜릿한 전율이 혁황의 등골을 훑는 순간, 마혼석등이 시퍼런 불빛을 퍼뜨렸다. 이는 천마존의 영혼이 완벽히 부활했음을 알리는 확실한 증표였다.

혁황은 가슴이 벅차오른 듯 들뜬 목소리를 발했다.

"부교주께서 친히 되찾아 오신 것입니까?"

"물론."

"육대마가, 이 괘씸한 것들! 감히 본 교의 신성한 보물에 손을 대다니……! 그렇다면 수십 개의 마령옥과 더불어 비급들도 그 여우같은 놈들 수중에 있는 것입니까?"

"확답하기 힘들다. 차후 교주를 뵙게 되면 모든 것을 파악할 수 있으리라 여긴다."

"참, 교주께선 현재 다른 사람 몸을 빌려 부활하신 겁니까?"

"그렇다. 짐작컨대 마지막 순간 동귀어진의 수로 마광파천기를 펼치심과 동시에 역천이혼술도 시전하신 것이리라. 어찌 됐든 간에 이렇듯 건재하시니 우리로선 더할 수 없는 큰 복이 아니겠느냐."

"부교주의 무사 귀환 또한 큰 홍복입니다. 교주께서 아마 크게 기뻐하실 것입니다."

"지금 이 순간부터 육대마가는 우리의 최대 주적(主敵)임을 명심하라. 그들에 의해 마도의 질서가 빠르게 재편되고 있다. 본 교의 실추된 권위를 회복하는 것이 최우선일지니, 소림사를 상대로 혈채(血債)를 받아 내는 일은 그다음이다."

"하오나…… 조금 염려가 됩니다. 육대마가와 대적하기엔 전력이 너무 부족합니다."

"걱정 마라. 비밀 지단의 인원은 향후 본 교 재건을 위한 초석이 될 것이니. 또한……."

율악은 말끝을 흐리며 마혼석등을 보았다. 그러자 마혼석등이 감응하듯 시퍼런 불빛을 한층 넓게 퍼뜨렸다.

"……본좌가 따로 안배해 둔 비밀 전력도 차후 합류해 힘을 보탤 것이다."

 그 말에 용기를 얻은 혁황이 안광을 번뜩이며 맹세했다.

 "과연 부교주이십니다! 이 혁황, 앞으로 개나 말의 수고로움도 마다하지 않겠습니다!"

 "육대마가가 대놓고 이빨을 드러내며 야욕을 드러낸 것으로 보아 우리가 모르는 비장의 수를 가지고 있음이 분명하다. 그러니 절대 방심은 금물이다."

 율악의 당부에 혁황이 은창을 다시 꼬나 쥐며 전신으로 마기를 뭉게뭉게 피워 올렸다.

 "여부가 있겠습니까."

 "난 곧장 교주를 뵈러 길을 떠날 것이니, 넌 비밀 지단으로 가라. 그곳에 도착하면 네가 해야 할 일을 자연히 알게 될 것이다."

 "존명!"

 그렇게 낡은 가옥을 벗어난 두 사람은 경공술을 전개해 칠흑 같은 어둠 속으로 자취를 감췄다.

*   *   *

먼동이 희붐하게 밝아 오는 아래, 동굴 밖을 나온 천공은 숲 저편을 바라보며 상념에 잠겼다.

'드디어 오늘……'

그는 가슴을 조이고 드는 긴장과 흥분으로 밤새 선잠만 잔 상태였다. 하지만 피곤한 기색 따윈 찾아볼 수 없었다. 아니, 희읍스름한 풍광을 소복이 담아내고 있는 두 눈동자엔 오히려 묘한 생기가 감도는 듯했다.

"자네 팔뚝에 새긴 그 문신은 심계로 드는 문이라 할 수 있네."

"일종의 부적입니까?"

"바로 그렇지. 팔뚝을 가운데로 모아 문신을 맞닿게 만든 후 내가 가르쳐 준 주문을 외면 언제든지 심계로 들 수 있네. 빠져나올 때도 마찬가지로 예의 주문을 외우면 되고."

"아, 그 말씀은 굳이 밀종의 법술이 아니라도 아무 때나 사용이 가능하다는 의미입니까?"

"쉽게 말해, 향후 피치 못할 사정으로 봉인한 영혼을 다시 깨워야 하거나 혹은 본연의 힘을 되찾아 그 영혼을 멸해 버릴 적당한 시기가 되었다 싶으면 문신과 주문을 통해 심계로 들 수 있다는 뜻이네. 전자의 경우는 피해야 마땅하겠지만."

"하하. 예, 전자의 경우는 정말이지 생각조차 하기 싫습니다."

"하나 반드시 명심해야 될 사항은 내공에 여유가 없을 때 사용하면 절대 안 된다는 것이야. 헤가선도심법처럼 이 심계 출입 주문도 내력은 물론이고, 꽤 많은 심력을 필요로 한다네. 자칫하면 심력의 고갈로 헤가선도심법의 묘용이 약해져 육신을 도로 빼앗길 가능성도 있으니까. 하기야 자네라면 능히 알아서 처신할 테지."

"광진 스님, 위축된 기로를 강제적으로 열어 힘을 쌓게 만들 것이라 하셨는데, 그 지속 시간은 어느 정도입니까?"

"그때 말했다시피…… 정상적인 방법이 아닌 편법이라 확답을 주기가 힘들군. 일시적인 작용에 그칠 수도 있고, 어쩌면 영구적으로 작용할 수도 있네."

"기로를 최대한 활짝 열 수 있게 노력해 보겠습니다. 밀종의 법술이 선사할 고통이 과연 얼마나 클지 짐작조차 안 되지만…… 아무쪼록 잘 이끌어 주십시오."

"부처님의 자비는 무량무변(無量無邊)하니 항마의 길을 걷고자 하는 그대를 갸륵히 여겨 보살펴 주시리라 믿어 의심치 않네. 난 그저 연이 닿은 인도자일 뿐."

광진과의 대화를 떠올리던 천공은 이내 마음을 가라앉히기 위해 이른 아침 찬 공기를 폐부 깊숙이 들이마셨다.

'이 일전이 모험적인 도전으로 끝날지, 둘도 없을 절호의 기회가 될지는…… 전적으로 내 오성에 달렸다. 지금부터 정신을 집중하자.'

별안간 천마존의 전성이 그 상념을 깨뜨렸다.

[오밤중까지 뒤척거리다가 겨우 풋잠에 든 것으로 보아 네놈도 오늘 있을 일에 대해 제법 긴장이 되는 모양이군.]

천공은 굳이 부정하지 않았다.

"맞아. 그러는 너는 긴장이 되지 않나? 무슨 일인지조차 모르는 상황이니 나보다 더 긴장이 될 것 같은데."

[크크큭, 감히 본좌를 뭐로 보고……. 미안하지만 밤새 푹 잤느니라.]

그러자 천공이 실소를 머금었다.

"훗, 태평하게 푹 잤다면서 내가 뒤척거리다가 겨우 잠들었다는 건 어떻게 알고 있지? 말이 앞뒤가 안 맞잖아."

[그건……. 크으음.]

"이봐, 늙은 마귀. 이제 그만 저승으로 떠날 때가 된 것 같다. 정신 상태가 온전하지 않은 듯하니."

[갈! 입 닥쳐! 뭘 믿고 그리 기고만장한지 모르겠다만, 내 반드시 너희 땡추들의 계획을 무위로 끝나게 만들어 주마!]

그때, 등 뒤로부터 고운 목소리가 흘러들었다.

"이른 아침부터 천마존과 실랑이 중인 모양이네요."

천공이 고개를 돌리니 머리칼을 뒤로 질끈 묶으며 다가오는 단희연의 모습이 보였다.

희미한 햇살을 받은 그녀의 자태는 어제와 또 사뭇 다른 분위기를 자아내고 있었다.

눈길을 마주한 천공은 저도 모르게 가슴이 두근거렸다.

'이런, 겨우 진정시켰더니……. 그녀만 보면 도대체가 심장이 말을 듣지 않는군.'

하루하루 지날 때마다 그녀의 새로운 매력이 드러나 뇌리에 각인되는 듯한 느낌이었다.

"소저, 왜 벌써 깼어요? 좀 더 자지 않고……."

"실은…… 약간 긴장이 돼서 잠을 설쳤어요."

"예? 뭐 때문에……?"

"뭐긴 뭐예요. 오늘 일 때문이잖아요."

"아, 날 걱정한 겁니까?"

"제자가 스승 걱정을 하는 건 당연하죠."

"스, 스승?"

"네. 천 소협은 앞으로 유령검법을 가르쳐 줄 사람이니, 당연히 스승인 셈이죠. 내 말이 틀렸어요?"

"하하하, 하기야 틀린 말은 아니군요."

낯빛을 고친 단희연이 나지막하게 물었다.

"그 일, 언제 시작하나요?"

"정오가 되기 전에 행할 겁니다."

"흠, 내가 직접 겪을 것도 아닌데 왜 이렇게 긴장이 되는 건지 모르겠네요. 자신 있어요?"

천공이 대답 대신 시원스런 미소를 보냈다.

덩달아 단희연도 미소를 짓다가 이내 표정을 싹 지우고 시선을 회피하며 말했다.

"아…… 아무 때나 그렇게 훤히 웃지 마요. 실없어 보이니까. 무슨 남자가 웃음이 그리 헤퍼요?"

"그런 소린 처음 듣는데……."

천공은 머쓱한지 뒤통수를 긁적였다.

그때, 동혈 밖으로 나온 광진이 대뜸 육포를 건네며 말했다.

"자, 어서 먹게. 기왕 일찍 일어났으니 바로 시작하는 게 좋을 것 같네."

"예. 아마도 긴 하루가 될 것 같군요."

그러자 천마존이 조롱하듯 전성을 보냈다.

[뭐? 긴 하루? 오냐, 잔뜩 기대하고 있으니 부디 날 놀라게 만들어 봐라!]

육포로 간단히 조식을 해결한 천공과 광진은 동굴 안으로 들어 바닥에 마주 앉았다. 그런 둘 사이엔 무거운 적막감이 흘렀다.

광진은 엄숙한 표정으로 천공의 정수리와 가슴에 부적을 붙인 후, 한 장은 바닥에 깔고 금강저를 꽂았다.

기로를 열기에 앞서 영적 교감부터 차단하려는 것이었다.

의중을 간파한 천마존이 분통을 터뜨렸다.

[이런 망할, 또 본좌의 눈과 귀를 가리려는 속셈이냐!]

이내 광진이 알 수 없는 주문을 외자 천공은 전과 마찬가지로 뼈와 살을 엄습하는 저릿한 통증을 느꼈다. 하지만 심기가 흔들리지 않게 정신을 집중해 버렸다.

시간이 얼마나 지났을까.

마침내 광진의 주문이 끝나자 천공이 벌겋게 달아오른 얼굴로 호흡을 정돈하며 말했다.

"영적 교감이 완벽히 끊겼습니다. 더 이상 천마존의 전성이 들리지 않습니다."

"이제 주술을 이용해 기로를 열 것이니 자네는 내공으로 회음혈(會陰穴)과 백회혈(百會穴)을 번갈아 두드리듯 운용하게."

"알겠습니다."

천공은 대답과 함께 눈을 감고 하단전의 내공을 빠르게 돌렸다.

그에 신형 주위로 붉은 마기가 사납게 뻗어 나왔다. 마치 핏물이 공기를 타고 사방으로 번지는 듯한 광경이었다.

광진은 얼른 부적 여러 장을 꺼내 천공의 몸 여기저기에 붙이기 시작했다. 봉황(鳳凰), 주작(朱雀), 현무(玄武), 기린(麒麟), 해치(獬豸) 등 실로 다양한 신수(神獸)가 그려진 부적이었다.

"기맥을 유활하게 만들고 혈맥을 보호하는 역할을 하는 부적일세."

그런 다음 천공의 뒤로 가 가부좌를 틀고 앉더니 쌍수의 장심을 등 복판에 가져다 댔다.

"괴롭더라도 참아야 하네."

말이 끝나기가 무섭게 양 손바닥에서 대량의 진기가 발출돼 천공의 체내로 흘러들었다. 찰나지간 몸통에 덕지덕지 붙은 부적들이 저마다 연기를 피우며 기묘한 빛을 퍼뜨렸다.

광진이 가진 기는 불력, 반면 천공이 가진 기는 마력.

상충, 상극의 속성이었다.

결코 어우러지기 힘든 기운이었다.

자칫 잘못하면 몸이 망가질 수도 있었다.

한데 광진은 오히려 자신의 내력을 더 강하게 쏟아부었다. 그가 그렇게 작정하고 나오는 건 의당 믿는 구석이 있기 때문이었다.

그것은 다름 아닌 혜가선도심법.

기오막측한 묘용을 자랑하는 그 소림사 비전 심법이 서로의 기운을 조화시켜 체내 기로를 따라 무리 없이 흐를 수 있게끔 도우리라 믿고 있는 것이다. 하나 그 과정에서 엄청난 고통은 필연적일 수밖에 없었다.

"첫 고비만 넘기면 한결 수월할 것이야! 그러니 절대로 내공 운용을 멈추지 말게!"

상체가 활처럼 휜 천공이 핏줄이 부풀어 오른 얼굴을 부들부들 떨며 괴로운 비명을 내질렀다.

"끄아아아아아!"

동굴 밖의 풀밭.

단희연은 한옆에 자리한 소나무에 등을 기대고 앉아 허

공을 올려다보았다.

오늘따라 유독 구름 한 점 없는 새맑은 하늘이었다.

'천 소협, 꼭 성공하길 바라요.'

아스라이 펼쳐진 창공이 눈두덩을 가볍게 눌러 오자 가슴속에 자리한 긴장감이 다소 사그라지는 듯했다. 하지만 그 기분은 그리 오래가지 않았다.

"으아아악! 으아아…… 으아아아아악……!"

시커먼 동혈로부터 연이어 새어 나오는 천공의 통성에 단희연은 본능적으로 신형을 벌떡 일으켜 세웠다.

'설마 일이 잘못되고 있는 건 아니겠지?'

그녀는 황급히 동굴 입구 쪽으로 향하다가 이내 발걸음을 멈췄다.

'아냐, 아냐. 예서 잠자코 기다리자. 괜히 방해가 될지도 모르니…….'

천공의 괴로운 비명은 좀처럼 그치지 않았다. 정말이지 듣는 사람까지 괴로울 정도로 한없이 날카로운 비명이었다.

단희연은 안타까운 표정으로 아랫입술을 자그시 깨물었다.

'세상에, 이 정도로 괴로운 일일 줄은 몰랐어. 천 소협은 과거 내가 상상조차 할 수 없는 고된 수련 과정을 거

쳤을 텐데…… 그런 천 소협이 저렇듯 괴로워할 정도라면 도대체 얼마나 큰 고통인 걸까? 휴우.'

그녀는 곧 평평한 곳으로 옮겨 선 후 허리에 걸린 검을 뽑았다. 몸이라도 좀 움직이면 마음이 한결 낫지 않을까, 하는 생각에서였다.

모처럼 와 닿은 주인의 손길에 늘씬한 칼날은 새하얀 예기를 퍼뜨리며 기쁨을 표했다.

쉬익, 쉭! 슈우욱!

섬섬옥수를 따라 연거푸 궤적을 남기는 검영.

'몸 상태가 아직 완전하진 않지만, 그래도 생각보다 아프지 않네. 좋아, 그렇다면…….'

자신감이 생긴 단희연은 멸혼회무검법의 검초들을 차례로 펼치기 시작했다.

몰아지경에 빠져 시간 가는 줄도 모르고 한참 동안 검을 놀리던 그녀는 어느 순간 슬며시 욕심이 동해 단전의 내공까지 이끌어 냈다.

그렇게 멸혼회무검법의 한 초식을 전개한 직후, 깜짝 놀라 손놀림을 멈췄다.

'와! 검을 통해 쏘아져 나가는 발경의 속도가 두 배 이상 빨라졌어! 심지어 그 위력도…….'

그녀는 대환단이 선물한 가공할 힘을 비로소 절감할 수

있었다.

　망설일 것도 없이 곧바로 전개된 유령검법 제일초 유령선영.

　날카로운 파공음과 함께 곧게 뻗은 검날이 커다란 원을 그리다가 점점 반경이 작아지더니, 일순간 폭발하듯 무수한 검기를 퍼뜨렸다.

　슈아아아아앗―!

　그 위맹한 검력에 의해 정면에 자리한 커다란 바위가 벌집처럼 구멍이 뚫려 부서졌다.

　'진짜 엄청나구나! 겨우 삼 할의 공력을 실었을 뿐인데.'

　단희연은 그간 잊고 지내던 무에 대한 성취감이 가슴을 꽉 채우자 저도 모르게 한 줄기 미소를 머금었다.

　바로 그때, 저 멀리 삼십 장 밖의 나무들 사이로 웬 희미한 그림자가 움직이는 것이 시야에 담겼다. 얼핏 보면 사람 형상 같기도 했다.

　'어머! 뭐지?'

　단희연은 눈을 껌뻑이곤 재차 그 방향을 살폈다. 그런데 이번엔 아무것도 눈에 띄지 않았다.

　'흠, 잘못 본 건가?'

　그녀는 고개를 갸웃거리며 다시 검을 움킨 손에 힘을

주다가 어느덧 천공의 비명이 더 이상 들려오지 않고 있음을 비로소 깨달았다.

'천 소협이 드디어 해낸 모양이야! 어서 가 보자!'

검을 갈무리하고 황급히 동굴 내부로 발을 들이자 천공이 눈을 감고 조용히 정좌해 있는 것이 보였다.

천공의 등 뒤쪽에 자리한 광진이 검지를 세워 입술에 붙이며 전음을 보냈다.

[쉿! 현재 운기조식 중일세. 운기조식이 끝나는 즉시 내 비전 밀술을 통해 심계로 들 것이야.]

[광진 스님, 성공했나요? 그가 기로를 넓힌 거예요?]

[허허, 물론. 내 진즉 보통내기가 아닌 줄은 알았지만, 이 정도로 훌륭하게 해낼 줄은 몰랐어. 천공의 기로는 현재 절반 가까이 열린 상태이지.]

[참 보면 볼수록 대단한 남자네요.]

[향후 이러한 상태가 지속이 될지 안 될지 예측하긴 힘들지만…… 적어도 심계에 든 동안은 천마존과 능히 손속을 겨룰 만하리라 여기네.]

[한편으론 아쉬워요. 승려 신분만 아니면…….]

[응?]

[아, 아무것도 아니에요. 전 그럼 다시 바깥으로 나가 자리를 지키고 있을게요.]

단희연은 짐짓 새치름한 표정으로 도망치듯 동혈을 나섰다.

*　　　　*　　　　*

하늘과 땅의 구분이 모호한 공간.

어디가 위이고, 어디가 아래인지 알 수 없는 곳.

그 가운데에 흑색 포의를 걸친 한 인물이 석상처럼 서 있었다.

선 굵은 이목구비, 은색 비단 같은 긴 수염, 그리고 만인을 압도하는 듯한 늠연한 풍채와 패도적인 기도를 자랑하는 백발의 노인. 바로 천마교주 천마존 섭패였다.

"예감이 좋지 않군."

읊조리듯 중얼거리는 천마존의 두 눈이 매서운 기광을 내뿜었다. 왠지 모르게 껄끄러운 일이 벌어질 것 같은 느낌이 들어 기분이 더러웠다.

그런데 그때.

하늘이 활짝 열렸다. 아니, 하늘로 짐작되는 곳으로부터 광대한 빛살이 폭포수처럼 쏟아졌다. 그러더니 그 빛살을 타고 누군가가 아래로 내려왔다.

천마존은 눈이 부신 듯 두 눈을 가늘게 떴다.

'크음! 뭐지?'

사방을 환히 비추던 빛살은 곧 연기처럼 흩어져 허공중으로 소멸했고, 예의 불청객은 오 장 간격을 두고 조용히 자리했다.

비로소 상대의 정체를 확인한 천마존의 눈동자가 크게 흔들렸다.

"천공!"

천공은 이마로 흘러내린 머리카락을 쓸어 넘기며 희미한 미소를 지었다.

"훗, 서로에게 아주 흥미로운 상황이 벌어질 거라고…… 내가 말했지? 어때? 늙은 마귀, 네가 기대한 대로인가?"

일순 천마존의 전신으로 짙은 살기가 폭사됐다.

"놈, 그 고려 땡추의 도움을 받아 심계로 든 것이냐?"

"보다시피."

천공이 어깨를 으쓱거리자 천마존이 나지막한 소성을 흘렸다.

"후훗, 그래, 네 녀석 말마따나 참 흥미로운 상황이구나."

"내가 지금부터 뭘 할 생각인지 감이 오나?"

"설마 본좌를 상대로 싸움을 벌이겠다는 것이냐?"

"그렇다면?"

"크하하하, 크하하하하!"

"내 말이 우습나?"

"흥, 우습고말고! 비전 밀술이라기에 뭔가 거창한 기예인 줄 알았는데, 고작 심계에서 나와 싸우게 만드는 것이라니……. 크흐훗, 참으로 한심하기 짝이 없구나."

"한심한 방법인지 아닌지는 두고 보면 알게 될 거야."

"현재 네놈 실력으론 내게 가벼운 내상조차 입힐 수 없느니라."

천마존은 자신의 말을 증명하려는 듯 천마신공을 운용했다.

슈슈슈슈슈슛!

신형 위로 시키면 기류가 뿜어져 나오며 가공할 무형지기가 사위를 짓눌렀다.

가히 숨도 쉬기 힘들 정도로 지독한 마기. 흡사 만근 바위가 무더기로 떨어져 내리는 것 같은, 어마어마한 압력이었다.

이내 천마존의 머리 위로 마신의 형상이 선명히 떠오르더니 체내로 빠르게 갈무리되었다.

"어리석은 놈! 이 싸움은…… 내게 도리어 절호의 기

회가 될 것이니라. 이참에 너도 목 잘려 뒈진 현담의 뒤나 따라가거라. 크하하하하!"

괭소한 그는 내공을 최대로 끌어 올렸다.

쿠쿠쿠쿠, 쿠쿠쿠쿠쿠—!

형언하기조차 어려운 거대한 힘이 심계 전체를 마구 진동시키며 그 위험을 경고하고 있다.

"만약 심계의 겨룸에서 큰 화를 입게 되면 돌이킬 수 없네.

광진의 충고를 되새긴 천공은 즉각 하단전을 세차게 돌리며 말했다.

"글쎄, 과연 그럴까?"

직후 그의 신형 주위로 핏물과 같은 시뻘건 기류가 가닥가닥 피어오르기 시작했다.

ㅊㅊㅊㅊㅊ—

패도적인 느낌을 물씬 풍기며 타오르는 붉은 기류 앞에 천마존의 미소가 서서히 엷어지더니 종내 안색까지 바뀌었다.

'서, 설마……'

절륜한 기감을 통해 알 수 있었다. 불과 하루 만에, 아니, 반일 만에 천공의 공력이 비약적으로 증가했다는 것을. 자신으로선 납득하기 힘든, 인정하기 힘든 사실이었지만.

천공이 공력을 최대로 이끌어 내자 일대 공간이 지진이라도 난 듯 꽈르릉! 굉음을 터뜨렸다. 지금 그가 발산하는 육중한 마력은 결코 천마존의 그것에 뒤지지 않는 수준이었다.

"이럴 수가! 네놈이 어떻게……? 이게 말이 되는 일인가!"

"단시간에 무슨 수로 힘을 회복했느냐고? 그런 건 중요하지 않아."

"뭐라?"

"난 이곳에서 무조건 널 쓰러뜨릴 것이다. 저승 구경이 싫거든…… 어디 전력을 다해 맞서 봐라!"

천공이 사나운 외침과 동시에 발을 굴렀다.

팟, 후우우웅―!

요란한 풍성과 함께 시뻘건 잔상을 흩뿌리며 쇄도하는 신형. 육안의 좇음을 불허하는 쾌속한 경공술이었다.

"갈!"

천마존도 질세라 일신의 장기 천마섬전비를 전개했다. 그렇게 서로를 향해 돌진한 두 무인이 중앙에서 만나기가 무섭게 주먹을 내뻗었다.

핏빛 기류에 휩싸인 무시무시한 권경과 칠성 수위의 공력이 고스란히 담긴 천마붕권.

쿠아아아아앙!

강맹한 두 권격이 충돌함과 동시에 기의 잔해가 큰 파문처럼 둥글게 퍼져 나갔고, 그 여파로 심계 전체가 마구 뒤흔들렸다.

"윽."

"크음!"

짧은 신음과 함께 천공과 천마존은 똑같이 이십 보 거리를 후퇴했다.

둘의 현재 공력이 비등하다는 방증이었다.

천마존은 인상을 구긴 채 방금 전 내지른 주먹을 부르르 떨었다. 체내로 적지 않은 충격이 스민 모양이었다.

'저놈이 정녕 천마신공 칠성 수위에 육박하는 공력을 회복했단 말인가!'

어금니를 악문 천마존은 그대로 우수를 한껏 치켜든 후 아래로 맹렬히 그었다.

추하아아아악—!

손날의 궤적을 따라 이십 보 거리를 격해 뚝 떨어져 내리는 마기의 칼날.

천마신공 오대절기, 천겁마인.

존재하는 모든 것을 찍어 없애 버릴 듯한 극강한 마력이 담겼다.

천공은 그 가공할 절기에 맞서 오른손을 쫙 폈다가 빠르게 움켰다.

그러자 우수로부터 발출된 기류가 핏빛으로 물든 거대한 마귀의 손으로 화해 천겁마인을 덥석! 잡아 부숴 버렸다.

〈『악소림』 제3권에서 계속〉

악소림

1판 1쇄 찍음 2014년 7월 25일
1판 1쇄 펴냄 2014년 7월 30일

지은이 | 윤민호
펴낸이 | 정 필
펴낸곳 | 도서출판 **뿔미디어**

편집장 | 이재권
기획 · 편집 | 윤영상
편집디자인 | 김병희

출판등록 | 2002년 9월 11일 (제1081-1-132호)
주소 | 경기도 부천시 원미구 상동로 117번길 49(상동) 503호 (우)420-861
전화 | 032)651-6513 / 팩스 032)651-6094
E-mail | bbulmedia@hanmail.net
홈페이지 | http://bbulmedia.com

값 8,000원

ISBN 979-11-315-3016-0 04810
ISBN 979-11-315-3014-6 04810 (세트)